Ugo Foscolo

Sulla lingua italiana
Discorsi sei

Texte et illustration de couverture : © domaine public
Edition : Culturea (Hérault, 34)
Contact : infos@culturea.fr
Retrouvez notre catalogue sur http://culturea.fr
Imprimé en Allemagne par Books on Demand
Design typographique : Derek Murphy
Layout : Reedsy (https://reedsy.com/)

Dépôt légal : janvier 2023

ISBN : 9791041842568

PREFAZIONE

Molti hanno scritto intorno alle doti che distinguono la lingua italiana da tutte le antiche e moderne. Pochi, per quanto sappiamo, ne hanno trattato con critica, in guisa da far discernere come e quanto essa lingua sia stata fin ad oggi applicata all'eloquenza, alla poesia ed alla letteratura in generale degl'Italiani. Finalmente nessuno ha considerato filosoficamente le origini, le epoche e la formazione di essa, affine di conoscere per via d'analogia i principj, i progressi oscurissimi delle formazioni e trasformazioni di tante altre lingue. Infatti, chi potesse rintracciare siffatte trasformazioni saprebbe quando la terra fu gradualmente popolata, e come il genere umano fu diviso e suddiviso in differenti nazioni. I patti reciprochi delle società umane si creano e mantengono unicamente per mezzo della parola; e gli uomini, che a cagione della diversità delle loro lingue non si possono intendere fra di loro, si dividono naturalmente sotto leggi diverse. Alcune nazioni che, abitando opposti climi ed emisferi con leggi e governi tutti proprj e differenti, parlano ad ogni modo la stessa lingua, sono colonie recentissime di altri popoli; ma tardi o tosto la lingua della Madre Patria dovrà necessariamente alterarsi in guisa che divenga, se non un'altra lingua, certamente un altro dialetto. Il che appare evidentemente nell'immenso tratto d'Europa dove si parla la lingua illirica e dove i Russi, i Boemi e i Dalmati, originarj dello stesso suolo, e serbando pur tuttavia le radici di uno stesso idioma, non possono intendersi senza interprete. Così verrà tempo in cui le vicissitudini della terra e le continue alterazioni delle lingue faranno che i Dizionari dell'Inghilterra e dell'America settentrionale offriranno la differenza stessa di suoni e di significati che oggi si trova nella lingua italiana e nella francese, che pur sono evidentissimi dialetti del latino, già inteso e parlato in tutti i paesi ove i Romani stabilirono e mantennero per più secoli le loro conquiste. Le alterazioni nondimeno e la metamorfosi di una in un'altra lingua succedono per così minimi gradi, e insieme con tanta velocità, che riescì sempre oltremodo difficile di tracciare il processo del cambiamento; e finchè le lingue sono più popolari che letterarie e più parlate che scritte, le loro mutazioni trascorrono impercettibili dalla bocca dell'avo e del padre a quella del nipote e del figlio; quindi il poco che noi sappiamo dell'origine della lingua greca è sì destituto di fatti positivi, che la questione, dopo anni infiniti e volumi di dispute, rimanesi tuttavia fra' termini delle speculazioni metafisiche, per la ragione che la lingua o le lingue da cui derivò la greca ci sono del tutto ignote. Bensì sull'origine della lingua latina abbiamo maggiori nozioni non solo dalla quantità immensa di radici e vocaboli greci, ma ben anche dalle terminazioni; così dalle lettere e suoni dell'alfabeto, dal sistema metrico e dalla prosodia comune a' Greci ed a' Latini. Pure, mentre sappiamo come il latino si perfezionò continuamente imitando il greco, ignoriamo tuttavia in quali guise il greco cominciò a trasformarsi in latino.

Le lettere, le arti e le scienze trapiantate dalla Grecia in Italia, le conquiste e la legislazione del popolo romano ampliate e diffuse resero la lingua latina universale in Europa; e le invasioni de' popoli settentrionali la trasformarono in alcune delle nuove lingue che oggi si parlano e scrivono. Bensì la lingua latina, innanzi che divenisse italiana, francese e spagnuola, trapassò per cambiamenti graduali e infinite vicissitudini, durante l'era del medio evo; tanto più difficili a conoscersi, quanto che fu l'epoca della barbarie e della ignoranza e della servitù del genere umano europeo. Molte tracce restano pur nondimeno visibili anche fra le tenebre di quei secoli; e se i fatti somministrati dalla storia e accertati dalla critica saranno applicati ai principj generali che la Natura segue invariabilmente, nè mai produce gli stessi effetti da diverse cause, noi forse esaminando l'origine, le epoche e il genio della lingua italiana, riusciremo a stabilire alcune norme o certe, o probabili almeno, a scoprire il metodo che le lingue seguono a operare le perpetue loro metamorfosi. E preferiremo la lingua italiana, come quella che è di data più antica fra tutte le viventi, e quindi somministra più numero di fatti, e una più lunga serie di annali letterarj. La grammatica, l'ortografia, e per conseguenza la pronunzia, e tutte le parole e frasi della lingua italiana sono oggi, con rare e irrilevanti eccezioni, precisamente quelle medesime che si trovano non solo nelle prose di Dante, ma di scrittori che vissero innanzi a lui. E vi sono lunghi tratti di poemi, e pagine numerose di storie del secolo XIII nelle quali non s'incontra un unico vocabolo che gli scrittori viventi a' dì nostri non possano usare senza la minima taccia di affettazione. Gl'Inglesi e i Francesi che scrivevano a que' tempi, ed anco posteriormente, non sono intesi; nè le lingue antiche subirono minori variazioni. Il vocabolario d'Omero e de' tragici ateniesi e de' poeti de' Tolomei non sono gran fatto diversi; ma le diversità grammaticali e ortografiche son pur tali e tante, che costituiscono altrettanti differenti dialetti. La ragione universalmente adottata della divisione della Grecia in parecchi piccoli Stati, che serbarono la pronunzia peculiare a' loro antenati, e quindi ne vennero i varj loro dialetti, non fa molto al proposito, perchè i Romani non ebbero siffatte divisioni, e nondimeno la latinità di Ennio, di Lucilio e dei frammenti degli Annalisti della Repubblica è diversa molto da quella di Virgilio, d'Orazio e di Livio. Nè da Ennio a Virgilio corsero più di dugento cinquant'anni, mentre dall'età de' primi libri grammaticalmente scritti in Italia sino a' dì nostri se ne contano più di seicento, e, paragonati colla lingua scritta oggi, presentano il fenomeno di pochi e appena visibili cambiamenti essenziali. Se sì fatto fenomeno fu talvolta osservato, certamente non ne fu mai non che data, ma neppure tentata la soluzione. E noi ci proveremo in ciò tanto più volentieri, in quanto che avremo occasione di manifestare alcune idee forse nuove, desunte, a quanto speriamo, dalle nozioni generalmente adottate intorno alla lingua e alla letteratura d'Italia. – La storia di una lingua non può tracciarsi se non nella storia letteraria della nazione; nè la storia può somministrare fatti certi e fondamentali a trovare in materie intricatissime il vero, se non per mezzo di epoche distinte, in guisa che le cause non diventino effetti, e gli effetti non sieno pigliati per cause. E a noi parrà di scrivere brevemente se, per conoscere a fondo l'origine, le vicissitudini e il genio della lingua italiana, spenderemo poche pagine per ogni secolo degli annali letterarj d'Italia.

INTRODUZIONE

Nel dare principio alla serie de' discorsi intorno alla storia letteraria ed a' poeti d'Italia, giudico cosa necessaria, quantunque forse non dilettevole, di premettere l'opinione mia su l'origine della poesia fra gli uomini.

Tutti i ragionamenti su la poesia in generale, e quindi tutti i giudizj intorno alle qualità ed ai gradi di merito di ogni poeta di tutte le età, e gl'infiniti canoni e teorie degli antichi retori e de' moderni metafisici si sono sempre fondate su l'osservazione, «che l'uomo è animale essenzialmente imitatore, e l'origine della poesia manifestamente ed unicamente ritrovasi nella naturale tendenza che l'uomo ha di riprodurre ogni cosa per mezzo d'imitazioni.» Da questa osservazione, che realmente trovasi in Aristotile, sgorgò la conseguenza che gli fu attribuita, e commentata in mille volumi, «che la poesia non è che imitazione della natura, e che i poeti eccellenti sono soltanto quelli da' quali la natura è fedelmente imitata.» Or noi esamineremo in che consista questa imitazione della natura.

In quanto all'osservazione, «che l'uomo è animale essenzialmente imitatore», noi la crediamo vera in sè stessa, ma non in tutto applicabile alla poesia; e quanto alla conseguenza, «che la poesia non è che imitazione della natura», noi la crediamo più falsa che vera. Ad ogni modo, da che tanto il principio quanto la conseguenza sono, per così dire, santificati dalla tradizione di molti secoli, e dal consenso universale degli uomini dotti; io, se non mi vedessi stretto dall'obbligo, non mi attenterei neppure d'accennare i miei dubbj intorno a questa teoria, e la lascerei nel possedimento dell'autorità che gode da tanto tempo. Perchè io temo che l'indagare l'origine delle facoltà umane e dell'arti intellettuali non sia le più volte uno de' mille tentativi più ambiziosi che utili, ne' quali i mortali sperdano l'ore e l'ingegno: e credo fermamente che l'uomo sia creato per tentare di conoscere non le fonti della sua esistenza, non la natura delle sue facoltà, non i principj delle arti; bensì per trovare e seguire il modo migliore a giovarsi delle facoltà, delle arti e della vita, onde ricavarne il maggior piacere possibile per sè stesso, e la maggiore possibile utilità per la comunità de' mortali. E però, non solamente in quasi tutto ciò che spetta la politica e la morale, ma ben anche in tutto ciò che riguarda le dottrine letterarie, i prudenti dirigono le loro azioni e l'ingegno piuttosto a norma della esperienza de' fatti, che secondo la specolazione di teorie, quantunque forse innegabili. In fatti anche nelle scienze astratte una verità sola utilmente applicata giova più di mille altre dimostrate evidentemente, ma non applicabili. Ma appunto la nozione che l'uomo è animale essenzialmente imitatore, e che per conseguenza la poesia dev'essere fedele imitazione della natura; nozione la quale da principio era una metafisica speculazione, fu considerata coll'andar del tempo un assioma; e fu quindi e segue ad essere anche al dì d'oggi applicata con una specie d'implicita fede tradizionale. Ma se il principio, come pare a me, non è vero, l'applicazione non può riuscire se non dannosa; ed io avendo adottato principio diverso, i miei particolari pareri su' poeti devono necessariamente discordare da' giudizj oggimai pronunciati di molti critici. Per evitare dunque la taccia d'ambiziosa novità e d'affettata stranezza di opinioni, a me corre l'obbligo di manifestare innanzi tratto per quali ragioni io dubito della verità della comune teoria intorno a' principj primitivi della poesia, e con quali nuove norme io desumerò i miei giudizj su i poeti.

L'universale dottrina, «che la poesia non è che imitazione della natura», originò primamente da una delle tante opinioni che vennero poi venerate con religione, interpretate ed applicate in mille maniere, perchè s'è creduto che Aristotile le avesse pronunciate in via d'oracolo; quando infatti egli non le avea che enunciate vagamente e quanto bastava all'oggetto particolare ch'egli aveva scrivendo.

Il nominare Aristotile in altri luoghi fuorchè nelle scuole è oggimai considerato pedanteria; e nondimeno molte delle sue opinioni, in parte giuste ed in parte false, continuano a vivere ed a regnare, e sono spesso l'unico fondamento di molti critici che nel tempo medesimo arrossirebbero di citare la sua autorità.

Le vicissitudini della fama di questo filosofo dovrebbero somministrare utili lezioni a que' tanti, i quali colla loro fantasia si odono ricevere dalla posterità fra gli applausi, e che, pur sapendo com'ei son destinati a una vita limitatissima, aspirano a una gloria infinita. Aristotile fu uno di que' potenti intelletti che la natura non mostra alla terra se non a lunghi intervalli; ed i suoi scritti esercitarono sovra tutti gl'intelletti d'Europa per molti secoli una preponderanza che non fu mai agguagliata dagli scritti di molti filosofi riuniti.

Ma era uomo, e non poteva non errare; scrisse molto, e avendo trattato quasi di tutte le parti dell'umano sapere, i suoi errori non potevano non moltiplicarsi. Per una delle tante inesplicabili disposizioni della fortuna i suoi libri furono negletti, sepolti, corrosi in un sotterraneo d'Egitto e distrutti quasi per sempre, nondimeno furono quasi i soli libri che, dopo la decadenza di Grecia e di Roma, rimasero come unico testo e lume infallibile nel corso de' secoli della barbarie che invase l'Europa. Nel medio evo gli errori d'Aristotile furono accolti come verità, ed ei venerato come infallibile. A questa popolarità nelle scuole contribuì l'oscurità de' suoi scritti, e la severità del suo metodo. In fatti, per mezzo della sua oscurità i maestri potevano insegnare quello ch'ei stessi non intendevano, e spesso inculcare sotto l'autorità d'Aristotile le loro proprie arbitrarie interpretazioni e dottrine: e nel tempo stesso l'applicazione del suo metodo dava ad essi il mezzo e l'opportunità di assoggettare ad una superstiziosa servitù gl'intelletti de' loro discepoli. Poscia, crescendo i lumi col rinascere delle lettere, la venerazione verso Aristotile andò dileguandosi, ed egli allora cominciò a partecipare della pena meritata non già da lui, ma da quelli che avevano abusato del suo nome e delle sue dottrine.

Molte delle sue dottrine nondimeno, essendo fondate sul vero, non potevan distruggersi. Ma non sono più conosciute per sue; furono travestite sotto altre forme, ed occupate come loro proprie da varj scrittori d'ogni nazione moderna: e lo stesso avvenne anche di alcune altre sue dottrine, le quali, benchè non siano in tutto vere, sono espresse con una maravigliosa apparenza di verità, e furono conservate, illustrate e ampliate, e spesso anche usurpate da molti, i quali, senza più oggimai darne merito e attribuirle ad Aristotile, continuano a farne la pietra angolare de' loro sistemi. Di quest'ultimo genere sono quasi tutte le opinioni espresse da Aristotile nel suo trattato della poesia; e particolarmente le celebri parole «che l'uomo è animale essenzialmente imitatore», e «che la poesia è imitazione della natura per opera dell'uomo, onde l'uomo, per essere poeta, deve assolutamente imitare la natura.»

La perpetua preponderanza delle dottrine poetiche d'Aristotile sembra un forte argomento in favore della loro intrinseca verità. Ma considerando il cuore umano, e sopra tutto le passioni di quella specie di mortali distinti del titolo di *Critici*, la lunga venerazione per le teorie aristoteliche può essere attribuita ad altre e più giuste cagioni. I critici, quantunque dotati della facoltà di giudicare le creazioni del genio, sono per lo più poverissimi d'immaginazione, e destituti della facoltà di creare. Quindi originò naturalmente la loro secreta invidia verso gli uomini destinati dall'autorità della natura ad essere creatori e poeti; invidia che, incalzata dal desiderio che tutti i mortali possiedono più o meno di esercitare autorità sovra gli altri, indusse i critici ad attribuirsi il diritto che nessuno loro disputò di stabilire leggi, e di citare gli scrittori al loro tribunale. Giovandosi dell'autorità d'Aristotile in tempo che il solo nome di questo filosofo era onnipotente anche nelle scuole di teologia, i professori di critica riescirono a divenire legislatori e giudici a un tempo. Il breve trattato che quel filosofo lasciò, non saprei dire se compito o abbozzato, sulla poesia, essendo stato da lui scritto con oscurissima brevità, ed essendo inoltre arrivato a' nostri avi orribilmente sfigurato dagli anni, fu opportunissimo all'intento de' critici di fondare un codice di leggi per incatenare il genio, e per giudicare i poeti.

Nè le leggi, a dir vero, nè le sentenze potevano essere sempre evidentemente giustificate con la poetica di Aristotile; ma non potevano neppure essere rivocate in dubbio. In fatti, con qualunque pagina di quel libro ogni uomo può e tutto credere e dubitare di tutto; e ogni interprete può tutto asserire e tutto negare; e, come avviene negli oracoli, vi si può trovare ogni cosa, o nulla ad un tempo. Ma appunto il libro quant'era più oscuro, tanto più bisognava d'illustrazioni, e tanto più i commentatori moltiplicaronsi; e quanto più Aristotile era venerato come profondissimo scrittore, tanto più i suoi interpreti venivano ammirati come acutissimi ingegni.

Così a' critici riescì fatto d'instituire in tutta l'Europa una tal quale aristocrazia letteraria, che professava di assistere gl'ingegni creatori con profondi consigli ricavati dal corano poetico d'Aristotile: ma i consigli s'erano convertiti in precetti; nè tardarono a divenire inesorabili leggi. Così i critici consigliando volevano governare; e governando tiranneggiarono, sì che alle volte l'aristocrazia de' critici si constituì in gerarchia sacerdotale che, inspirata dalla divinità d'Aristotile, scomunicava i colpevoli d'eresia letteraria.

Non s'hanno dunque da apporre a questo filosofo tutti i precetti che s'inculcano come desunti dalle sue dottrine. La preponderanza esercitata sotto il suo nome fu estorta per mezzo d'interpretazioni spesso arbitrarie delle sue parole, e talvolta al tutto contrarie al suo intendimento. Da poco più d'un anno fu qui pubblicato un volume sopra una questione risguardante un poeta antico; e l'autore fabbrica un sistema tutto suo, fondandolo sopra un passo, ch'ei cita, della poetica d'Aristotile: ei lo cita, ma il passo non si trova nella poetica. L'autore nondimeno lo cita di buona fede, come lo trova citato da Pope nella sua prefazione alla traduzione d'Omero; e Pope lo cita anch'egli di buona fede, come lo trova nella traduzione della poetica d'Aristotile di Dacier. Ma Dacier parteggiando a que' dì nella controversia intorno la preminenza fra' poeti antichi e i moderni, e ingegnandosi di abbattere i suoi avversari con l'autorità dell'oracolo comune, parafrasava quel passo in guisa, che chi lo cerca nel testo greco non lo ritrova. Quindi Dacier indusse Pope in errore, e Pope indusse in errore il critico moderno, al quale sottraendo l'autorità del passo a cui egli s'appoggia, si rovescia da' fondamenti tutto l'edificio del suo dottissimo libro.

I poeti, che soli aveano diritto e forze d'opporsi più ch'altri alla autorità legislatrice usurpata da' critici, contribuirono invece a legittimare le usurpazioni. I grandi poeti creatori, certi della gloria che si sarebbero acquistata, e dotati d'una mente sdegnosa insieme e impaziente d'affaccendarsi in disquisizioni di metafisica e sottigliezze di critica, non rigettarono nè approvarono il codice prevalente nelle scuole; e il loro silenzio fu ascritto a un tacito assenso. Al contrario i poeti mediocri, presso de' quali risiede la pluralità de' suffragi, votavano apertamente in favore del codice; beatissimi di potere appoggiarsi a legislatori, e farsi benevoli i giudici aristotelici ch'erano gli arbitri assoluti della loro fama. Inoltre i critici ebbero per confederati que' poeti più fortunati che grandi, i quali non sono sì soggetti al ridicolo quanto i poeti mediocri, e sono più accessibili alle menti del popolo assai più de' poeti creatori. Sì fatta specie fra i mediocri ed i grandi somiglia a quelle piante di rose che il giardiniere, per produrle ad altezza d'arboscelli, suole innestare su' tronchi, sì che spesso paiono grandi, quando la natura non le aveva create se non per essere vaghissime piante; e per quanto tentino d'innalzarsi, non potranno mai sorgere ad essere nobili alberi, mai. Questa specie di poeti godono quasi sempre di procacciarsi ad un tempo la gloria del lauro, e l'autorità della critica dittatura; e, sia che non avessero mente tanto profonda che potesse investigare nuovi principj dell'arte che volevano insegnare, o che credessero i principj correnti più agevoli a essere intesi, se fossero ridotti in apparente poesia, scrissero regole poetiche in versi eleganti insieme e nojosi perchè sono più dettati dall'arte che dalla natura, ma tanto più ammirati quanto più la materia pare ritrosa agli ornamenti dello stile; e Pope e Boileau allettarono molti lettori, perchè i loro ingegni erano amaramente disposti contro gli autori loro contemporanei, e si servivano di un metro per cui la necessità delle rime vicine contribuisce mirabilmente alla spiritosa malignità dell'epigramma. Così i poeti di questa classe riuscirono, se non a stabilire inconcusse le teorie chiamate aristoteliche, che già cominciavano a essere meno implicitamente credute, – pervennero ad ogni modo a non far dimenticare i precetti derivati da quell'imperfettissimo libro.

Nuove speculazioni intorno alla poesia ed alle belle arti (colle quali la poesia è strettamente connessa) si sono ideate da mezzo secolo in qua; e i medesimi metafisici che vittoriosamente distrussero in gran parte le teorie attribuite ad Aristotile vissero, ed alcuni vivono tuttavia, per vedere i loro proprj sistemi validamente prostrati da nuovi che si succedono, edificandosi e rovesciandosi vicendevolmente gli uni su gli altri. E nondimeno, anche fra questi nuovi legislatori la opinione «che la poesia non è che imitazione della natura» mantenne il suo grado d'assioma, ed è predicata come una delle pochissime verità che non bisognano di prove.

Fors'io mi sono dilungato più che non avrei dovuto a tracciare storicamente le guise, per le quali prevalse e prevale la opinione, che è tuttavia l'unico cardine su cui s'aggira la critica su l'arti d'immaginazione. Ma questa specie di digressione gioverà a dimostrare ancor più ampiamente, che la popolarità della teoria è dovuta non tanto alla sua intrinseca verità, quanto alle circostanze che hanno contribuito a diffonderla e consolidarla in tutte le scuole d'Europa. Questa osservazione gioverà a scemare la necessità di combattere la generale opinione punto per punto, e lascerà maggiore adito ad esporre l'opinione ch'io professo su l'origine della poesia.

L'animale umano è imitatore; ma la sua propensione all'imitazione non deriva, come forse in tutti gli altri animali, dal solo istinto di imparare i modi ond'evitare i dolori imminenti, accrescere i piaceri presenti, e provvedere a' bisogni della sua esistenza. L'imitazione nell'uomo è perpetuamente accompagnata da quella ingenita ed inesplicabile, ma costantissima sempre e spesso sciagurata incontentabilità, che è la sorgente di tutte le sue miserie maggiori e de' suoi più vivi piaceri. Però quando ha bisogni desidera, e desiderando immagina, e immagina cose le quali, se esistessero realmente, contribuirebbero forse alla sua felicità: ma non esistono; e finché la natura delle cose e dell'uomo rimane com'è, non possono esistere; e quanto è così immaginato da noi si riduce inevitabilmente a sogno che si dilegua. E nondimeno, dov'è mai quel mortale il quale vorrebbe o potrebbe rassegnarsi ad esistere senza sì fatti sogni che perpetuamente gli abbelliscono la trista realtà delle cose, e gli rendono varia agli occhi la monotonia della vita? Tutte le arti d'immaginazione, e sopratutto la poesia, che è la più antica e l'origine di tutte le altre, nacquero dal bisogno di abbellire e variare e aggrandire tutti gli oggetti ed i sentimenti che attraggono irresistibilmente i sensi, il cuore e la fantasia de' mortali. Il poeta, il pittore e lo scultore non imitano copiando, – ma scelgono, combinano e immaginano perfette e riunite in una sola molte belle varietà che forse realmente esistono sparse e commiste a cose volgari e s spiacevoli, ma che non esistono, o almeno non si veggono nè perfette nè riunite in natura.

La natura imita sempre in tutti i suoi lavori sè stessa; e li distingue ad uno ad uno, e li fa nuovi e mirabili per mezzo di pochissime, minime e spesso impercettibili varietà. Dove la natura imita invariabilmente se stessa, le arti sue imitatrici non possono togliere, aggiungere, variare mai nulla. Bensì maggior pittore e poeta è colui che sortì tale anima da sentire vivamente gli effetti delle varietà sparse sopra gli oggetti della natura; e tale ingegno da osservarle prontissimo; e tal fantasia da immaginarle riunite, e creare di varie parti esistenti un nuovo tutto ideale; – e finalmente, tale giudizio da sapere applicare le varietà dove e come consuonano in armoniche proporzioni fra loro. Queste quattro facoltà di *sentire fortemente*, di *osservare rapidamente*, d'*immaginare nuovamente*, e di *applicare esattamente*, quando sono riunite, equilibrate, vigorosissime in uno stesso individuo e operanti simultaneamente, non già per industria o per forza di regole, bensì con la spontaneità con che opera la stessa natura, par che costituiscano il Genio. L'Arte, imitando la creazione invariabile, coglie il Vero; ma il Genio crea l'Ideale, indovinando, radunando e distribuendo sopra un solo oggetto, con le stesse leggi e con la stessa spontaneità della natura, le varietà ch'ella ha sparse sopra diversi oggetti, o che ella avrebbe potuto creare e spargere onde rendere più belle le opere sue. L'Ideale scompagnato dal Vero non è che o stranamente fantastico, o metafisicamente raffinato; ma senza l'ideale, ogni imitazione del vero riescirà sempre volgare; non avrà nè la grazia delle figure del Correggio, nè la divina beltà della Venere de' Medici e della Madonna della Seggiola, nè il sublime dell'Apollo di Belvedere. L'Apollo e la Venere, come figure umane, sono tutte realmente vere; e sono insieme ideali per una riunione che non si può analizzare, e si sente, d'infinite bellezze che potrebbero essere state sparse dalla natura sopra un solo individuo, ma che pur non si veggono mai; e l'immaginazione del Genio ha saputo o vederle, o indovinarle, e poi raccogliere e disporle in guisa da farle irresistibilmente sentire a chiunque getta l'occhio su quelle statue.

Ma anche presupponendo che individui come l'Apollo e la Venere esistano realmente nel mondo, essi son pure tanto infrequenti, che meriterebbero d'essere considerati come eccezioni ch'escono dal corso abituale delle creazioni della natura; ed anche esistendo naturalmente non potrebbero continuare nello stato di bellezza e di perfezione in cui l'artista le ha perpetuate nel marmo. L'immaginazione del pittore e dello scultore, e più assai l'immaginazione del poeta, agisce costantemente per via d'*astrazioni* e d'*addizioni*. Infatti *astrae* tutto quello che esistendo in natura nuoce alla perfezione ideale, ed *aggiunge* quanto può conferire alla sublimità e alla bellezza, e sopratutto alla novità. Questo desiderio innato di abbellire, diversificare e migliorare quello che la natura ci ha dato, produce anche fra le tribù de' selvaggi le mutilazioni de loro orecchi, de' loro nasi e delle loro labbra, e le ferite nelle loro membra per appiccarvi strani ornamenti e dipingersi a rabeschi di varj colori. I loro abbellimenti sono rozzi e deformi perchè il loro ingegno non è educato dal progresso delle arti, i loro sentimenti, la loro immaginazione e il lor gusto partecipano della barbarie in cui vivono. Ma non è men vero che, barbari come pur sono, tentano per ingenito istinto di mutare, e credono di adornare la natura in sè stessi. Bensì col progresso della civilizzazione il Genio dell'uomo con opere d'immaginazione meglio educata supplisce alla perfezione ch'egli desidera, e ch'ei non trova esistente in natura. Il mondo in cui viviamo ci affatica, ci affligge e, quel che è peggio, ci annoja; però la poesia crea per noi oggetti e mondi diversi. E se imitasse fedelissimamente le cose esistenti e il mondo qual è, cesserebbe d'essere poesia, perchè ci porrebbe davanti agli occhi la fredda, trista, monotona realtà. Or che necessità, che desiderio abbiamo noi di vederla dipinta e descritta, se già ne siamo assediati, volere o non volere, dì e notte? La immaginazione dell'artista corregge idealmente la natura anche quando sa cogliere e rappresentare la gioventù e la bellezza nel più bel punto della loro maggior perfezione. È un rapidissimo punto, perchè in natura: un momento d'infermità, un atto poco grazioso, una parola, un semplice moto scema l'effetto magico della gioventù e della bellezza d'una donna vivente. La sua perfezione, quand'anche sia nata e cresciuta perfetta, è soggetta a mille varietà ed accidenti d'ora in ora, di minuto in minuto, e non esiste se non se per fuggire ad un tratto e dileguarsi per sempre. E nondimeno l'artista imitando la natura la corregge in guisa da fermare e perpetuare le sue più belle creazioni in quel punto quasi impercettibile di perfezione. Queste osservazioni desunte dalle belle arti servono a illustrare l'origine e lo scopo della poesia, tanto più che le altre arti agiscono sulla immaginazione per la via de' sensi, mentre la poesia ci eccita ad immaginare per la via più potente del cuore. E davvero, per quanto altri congetturino diversamente, è da credere che la poesia, secondata dalla musica, sia stata la madre delle altre belle arti, e la maestra de' più nobili artisti. Esiste nel mondo una universale secreta armonia, che l'uomo anela di ritrovare come necessaria a ristorare le fatiche e i dolori della sua esistenza; e quanto più trova sì fatta armonia, quanto più la sente e ne gode, tanto più le sue passioni si destano ad esaltarsi e a purificarsi, e quindi la sua ragione si perfeziona. Questa armonia nondimeno, di cui l'esistenza è sì evidente, e di cui la necessità è sì fortemente esperimentata più o meno da tutti i mortali, vedesi (come tutte le cose che la natura offre all'uomo) commista a una disarmonia di cose, le quali cozzano e si attraversano, e spesso si distruggono fra di loro. Però nella musica più che nelle altre arti appare evidentemente che l'immaginazione umana trovò il modo di combinare i suoni ch'esistono in natura onde produrre melodia ed armonia, sottraendone tutti i suoni rincrescevoli e discordi. Il potere universale della musica è prova evidente della necessità che noi sentiamo dell'armonia. L'effetto dell'armonia che la musica produce all'anima per gli orecchi, per mezzo di suoni uniti con diversi modi e gradi, vien pure egualmente prodotto dalla scultura, dalla pittura, e dalla architettura per la via degli occhi e per mezzo di forme, di tinte e di proporzioni che armonizzano fra di loro. Ma la poesia unisce l'armonia delle note musicali per mezzo della melodia delle parole e della misura del verso; – e l'armonia delle forme, de' colori e delle proporzioni per mezzo delle immagini e delle descrizioni. Vero è che la specie d'armonia propria a ciascuna delle altre arti è più espressa, e conseguentemente più efficace; tuttavia l'efficacia della poesia è più potente, tanto a cagione della riunione di tutti i generi d'armonia, quanto per la simultaneità e rapidità del loro progresso. L'Apollo di Belvedere, per quanto sia ammirabile, pur non si muove; ma l'Apollo Omerico:

E da' gioghi d'Olimpo, acerbo in core

Precipitò agitando arco e faretra

Tutta chiusa, e fremea pregna di dardi

Strepitanti per gli omeri. Ei calava

Simile a notte; e sovrastando al campo

Disfrenò la saetta: uscia dal grande

Arco raggiante un suono orrido all'aere.

S'adira, precipita dal cielo, vola, minaccia, dinanzi a noi: vediamo agitarsi l'arco alle sue spalle; udiamo il doppio suono del cupo fremito ripetuto de' dardi dentro una faretra chiusa, e il suono della corda che divide l'aria con lo stridore di una vibrazione lunghissima; – e l'immagine del Dio standoci d'innanzi occupa l'anima nostra con l'oscurità di una notte improvvisa, e col terrore d'una imminente celeste vendetta.

Ma questa è la descrizione d'un essere soprannaturale; nè io insisterò dicendo che Omero, per sublimare la sua e la nostra fantasia, ha dovuto elevarsi oltre natura; bensì dirò che quando descrive individui viventi che sentono e soffrono e parlano da uomini, egli nell'imitare la natura la esalta sempre con la sua immaginazione. Quando Achille dice al giovine che lo prega di non ucciderlo: «Muori, amico; non vedi tu? – Son giovine anch'io e bello e gagliardo, nato da un eroe e di madre immortale, e morte m'aspetta; a sera, all'alba o a mezzodì, m'aspetta. – Muori tu dunque», questa è infatti natura; – ma si consideri che queste parole ci colpiscono appunto molto più, perchè le fa pronunciare da un uomo dotato di tante qualità preeminenti, che non pareva destinato a morire. Sente egli stesso il terror della morte, ancorchè, nel presentarsi a combattere, il terrore ch'egli ispirava lo facesse parere a' nemici come s'ei venisse lampeggiando di fiamma:

Ignea su l'elmo

E dal volto e le membra e per lo scudo

Gli balenava una continua luce;

Sì dalla Dea sospinto ove più dense

Eran l'armi, apparia fiero di lampi:

Ardea, come se puro esce da' fonti

Dell'Oceàno, e racquistando i cieli

L'astro d'Autunno infiamma aureo la notte.

Quando Dante fa raccontare al conte Ugolino com'ei, destandosi e udendo i suoi figliuoli dimandar del pane, si morse per dolore le mani, non fece che rappresentare la natura reale; ma quando i suoi figliuoli, credendo ch'egli volesse mangiare le sue proprie mani per fame, si alzano tutti e quattro ad un tempo, e gli fanno ad una voce l'offerta:

Padre, assai ci fia men doglia

Se tu mangi di noi; tu ne vestisti

Queste misere carni, e tu le spoglia,

questa non è natura reale; è natura esaltata, spinta quanto può andare, e che riesce terribile appunto perchè nessuno potea prevedere la disperata offerta di quegl'innocenti. Quando gli amici di Job siedono muti e non gli dicono parola perchè vedevano che il suo dolore non ammetteva consolazioni, la natura è fedelmente imitata; ma l'imitazione, benchè fedelissima, non avrebbe prodotto la metà dell'effetto, se non vi fosse aggiunta la circostanza ideale, facilissima ad immaginarsi, ma improbabilissima e quasi impossibile a succedere realmente, che gli amici di Job stavano seduti su la terra per sette giorni e sette notti, e senza mai dirgli parola. È vero che queste illustrazioni sono ricavate dai più sublimi libri di poesia che forse esistono, e che forse siano per esistere mai fra' mortali; ma se si consideri la poesia fin anche nelle commedie, v'è egli carattere comico che colpisca veracemente, se non è caricato? Inoltre l'immaginazione del poeta comico non solo deve aggiungere, ma sottrarre assai cose alla natura reale. È certo che i Greci, i quali innanzi l'età d'Aristotile ciarlavano men di noi in fatto di critica, scrivevano le lor commedie in versi non per forza di teorie, ma per un senso naturale del vero scopo della poesia; che è, di abbellire ed aggrandire la natura reale per mezzo della facoltà immaginativa del genio, appunto perchè il genere umano ha bisogno di vestire de' sogni della immaginazione la nojosa realtà della vita.

Innanzi di concludere, gioverà di dar cenno d'un'altra dottrina attribuita ad Aristotile, la quale pure tuttavia ha molti e dotti fautori, segnatamente in Inghilterra. Da alcune poche parole, equivoche per l'usata oscurità di quel filosofo, e pel guasto che gli anni hanno fatto negli antichi manoscritti, i suoi interpreti più illustri intendono che i poeti, senza eccettuare neppure l'autore dell'*Iliade* e dell'*Odissea*, scrivono o devono scrivere non per altro che per far passare il tempo a' lettori, e non tendono mai a istruire, nè devono prefiggersi mai nessuno scopo morale. L'oscurità del testo assolve Aristotile dall'avere pronunciata siffatta sentenza; ma non posso se non maravigliarmi di quegli uomini dotati di dottrina e d'ingegno, i quali si giovano dell'autorità d'un passo oscurissimo per sostenere una dottrina repugnante alla naturale e invariabile propensione umana. Perchè ognuno che legge un poeta o uno scritto qualunque, che ascolti tragedie, o commedie, o discorsi pubblici o privati, non se ne diletta, se non se per le ragioni che gli producono sensazioni ed idee nel tempo medesimo; e quando non gli producessero che sensazioni, ogni sensazione presto o tardi è la causa imminente di nuove idee, e l'esempio solo di quanto ognuno di noi ode e vede gli serve insensibilmente, ed anche malgrado suo, di paragone, quindi di nuova occasione e di mezzi di ragionare, e per conseguenza d'istruzione. Il fatto sta che la poesia istruisce molto più, perchè diletta ad un tempo; e perchè col piacere di moltiplicare sensazioni ed idee non esige unita la fatica che accompagna più o meno gli altri studj.

Vive perpetuamente nell'uomo il bisogno di rendere con le parole facile all'intelletto ed amabile al cuore la verità? Qual taciturna contemplazione può apprendere ed insegnare questo nostro sapere, che ci fa sempre più superbi e più molli? Le nostre passioni hanno forse cessato d'agire, o le nostre potenze vitali hanno cangiata natura? E le scienze morali e politiche, che prime ed uniche forse influiscono nella vita civile, perchè sole possono prudentemente giovarsi delle scienze speculative e delle arti, a che pro tornerebbero, se ci ammaestrassero sempre co' sillogismi e coi calcoli? L'uomo non sa di vivere, non pensa, non ragiona, non calcola se non perchè sente: non sente continuamente se non perchè immagina; e non può nè sentire nè immaginare senza passioni, illusioni ed errori. La filosofia non cambia che l'oggetto delle passioni; e il piacere e il dolore sono i minimi termini d'ogni ragionamento. Quindi la verità, quantunque d'un aspetto solo ed eterno, appare moltiforme e indistinta al nostro intelletto, perchè noi, dovendo incominciare a concepirla coi sensi, e a giudicarla con l'interesse della sola nostra ragione, la vestiamo di tante e sì diverse sembianze; e le sembianze constano di tanti accidenti quante sono le disparità de' climi, de' governi, dell'educazioni e de' nostri individuali caratteri: onde anche le cose men dubbie sono assai volte mirate dai saggi con mente perplessa, e dagli altri tutti con occhio incredulo ed abbagliato. Or per me stimo non potersi mai volgere l'intelletto degli uomini verso le cose meno incerte, e per continuo esperimento giovevoli alla loro vita, prima di correggere le cose dannose del loro cuore, e di distruggere le false opinioni; il che non può farsi se non eccitando col sentimento del piacere e del dolore nuove passioni, e, con la speranza dell'utilità, secondando di più utili sogni la lor fantasia. Come mai dunque lo scopo morale starà disgiunto dalla poesia?

Bensì questa distinzione d'illuminare e di dilettare fu a principio pretesto di dotti che non sapeano rendere amabile la parola, e di poeti che non sapeano pensare. La filosofia morale e politica ha rinunziato la sua preponderanza su la prosperità degli Stati da che, abbandonando l'assistenza delle arti d'immaginazione, si smarrì nella metafisica e ne' calcoli; e la poesia ha perduta la sua virtù e la sua dignità da che fu manomessa dai critici di professione. Sciagurati! Si professarono architetti di un'arte senza posseder la materia; fantasticarono limiti alle forze intellettuali dell'uomo; s'eressero dittatori de' grandi ingegni; adularono i mediocri che consentirono a commercio di lodi per ingannare il mondo a loro favore: l'ozio, la vanità, la venalità accrebbero la moltitudine de' poeti ignoranti senza immaginazione, e de' critici senza filosofia. Invano la natura esclamava: io non ti elessi al ministero di ammaestrare i tuoi concittadini. L'arte lusingava, insegnando a non errare, perchè giudicava gli scritti derivati dalle passioni degli altri; ma l'arte non parlò più alle passioni perchè non le sentiva. La fantasia, destituta delle fiamme del cuore, si ritirò fredda nella memoria: destituta del criterio, inventò mostri e chimere; e la poesia, anzi la letteratura, si ridusse a declamazione e musica senza ragione.

Questa sinistra decadenza avvenne ad ogni nazione; e i discorsi seguenti manifesteranno per quali cagioni e con quali vicissitudini cadde spesso, e risorse, e tornò a cadere la poesia e la letteratura in Italia.

13

DISCORSO PRIMO

EPOCA PRIMA

Nel precedente discorso ho giudicato opportuno di manifestare de' principj generali, che guideranno i miei giudizj nel corso delle letture sulla Poesia Italiana; e così spero di aver dato a chi mi ascolta la ragione delle opinioni ch'io andrò manifestando. Il soggetto del discorso d'oggi ha lo stesso intento di somministrare una serie d'idee generali insieme e distinte, non già de' miei proprj principj, come ho dovuto fare jer l'altro; ma della origine, del progresso, delle vicende e dello stato presente della lingua italiana. La poesia, e ogni parte di qualunque letteratura d'ogni popolo, è incorporata colla lingua; dipende in tutto assolutamente dalla lingua; nè senza lingua esisterebbe letteratura; cosicchè i caratteri distintivi e le forme e le vicissitudini della letteratura d'ogni nazione nascono, crescono, si alterano in mille modi e decadono, secondo la origine e le alterazioni della lingua. Oggi dunque mi proverò di tracciare una storia, per quanto mi sarà possibile, breve insieme e distinta della lingua italiana dalla prima sua introduzione in Europa come lingua letteraria fino a' giorni nostri. E perchè è storia che abbraccia seicento e più anni, e lo spazio del tempo non mi consentirebbe d'illustrare con moltitudine di riflessioni la lunghissima serie de' fatti, sopprimerò le riflessioni per lasciar luogo ai fatti, tanto più che le riflessioni essendomi proprie, possono essere vere, e false, e dubbie; – ma i fatti appartengono alla verità, ed hanno in sè stessi tale ingenito vigore da eccitare da sè soli le altrui menti a fare considerazioni migliori di quelle che io non potrei suggerire. Tuttavia, per render meno necessario l'accompagnamento di riflessioni co' fatti ch'io vado esponendo, mi gioverà di far precedere sulla critica letteraria risguardante le lingue una osservazione generale, che poscia, senza essere ripetuta, si andrà applicando da sè medesima in tutto il processo della mia narrazione.

La distinzione che si è fatta sempre, e che si continua pur sempre in letteratura, di lingua e di idee è soggetta ad oscurità ed incertezza, e ad errori, come pure sono tutte quante le distinzioni di cose, le quali non si trovano mai disunite fra loro. Tale è nelle scienze fisiche la distinzione di forma e materia; – ma senza materia non vi sarebbe mai forma, e siccome la materia non può apparir mai a' nostri sensi che sotto una forma qualunque, così ne viene di conseguenza che ogni ragionamento fatto da noi, ogni sistema coltivato mediante la distinzione di materia e forma crolla inevitabilmente da sè, perchè si fonda sopra nozioni astratte di cose che realmente non esistono se non sì strettamente connesse, che non si può separarle senza distruggerle; – e quindi ne devono risultare delle teorie ed applicazioni fallaci. Così pure nelle scienze politiche si distingue l'uomo in natura e in diritti naturali, e l'uomo in società e in diritti sociali. E dove cercheremo mai la nostra natura, e come potremo, almeno in parte, conoscerla, se non la guardiamo nello stato di società, in cui solo possiamo vivere, e da cui non potremmo dividerci senza rinunziare a tutti i piaceri, senza sopire tutti i bisogni, senza cangiar gli organi del nostro individuo, e perdere e dimenticare la facoltà del pensiero e della parola che unisce gli uomini più di tutte le altre specie d'animali che ci sieno note; senza riformare insomma la nostra essenza intrinseca ed immutabile, quella essenza che non è opera nostra, quell'ordine, quella necessità che sentiamo, ma che non sappiamo definire noi stessi? Come dunque distingueremo i liberi diritti dell'uomo in natura da' legami dell'uomo in società? E quanto più s'è tentato di restituire all'uomo sociale i sognati suoi diritti naturali, tanto più gli scrittori ed i popoli, pascendosi di visioni, si trovarono avvolti nei mali che accompagnano i sogni di chiunque renunzia alla esperienza dei fatti. Così da questa distinzione di natura e di società, immaginata in tutti i tempi e paesi, ma celebrata in Francia più che altrove, e illustrata nel *Contratto sociale* di Rousseau, nacquero le teorie e le illusioni politiche, i sistemi e gli errori, i delitti e le sciagure che infamarono nel nostro secolo la Libertà, ed atterriscono anche i savi che più la bramano, e danno pretesto a' governi d'imporre un sistema di perpetue catene all'Europa. — La filosofia, e quella specialmente che si chiama analitica perchè procede da divisioni e suddivisioni di parti, malgrado il suo metodo evidentissimo in apparenza ed esatto, s'inganna e conduce in inganno, appunto perchè guarda partitamente ciò che forma uno per sè stesso inseparabile, di modo che appena diviso nelle sue parti perde il suo tutto. Così nei ragionamenti morali de' filosofi divide anima e corpo: ma chi vide mai anima quando non è unita al corpo? chi vide vivere il corpo senza l'anima? Divideteli per ipotesi: e come mai coglierete esattissimi i punti di tal divisione? e quali sono gli attributi di una metà che fugge all'analisi, e quelli dell'altra che disgiunta perde ogni vita? Quindi le tenebre metafisiche e le battaglie da ciechi, appunto perchè non consideriamo le cose in quell'unico stato in cui la natura le riproduce, perchè facciamo astrazioni che stanno nel nostro cervello, il quale, senza conoscere perchè e come pensi, crede ad ogni modo di pensar bene: così si perde anche la cognizione e l'uso di quelle poche verità che l'esperienza continua de' fatti potrebbe sempre somministrare. Le stesse fallacie, errori, controversie e sistemi ideali che l'artificiale divisione di cose naturalmente indivisibili produce nelle speculazioni fisiche della politica. e nella morale, sono appunto le stesse fallacie, gli stessi errori, le medesime controversie e gli stessi sistemi riprodotti dalla divisione che sempre s'è fatta, e non dappertutto, ma certamente in Italia, di lingua e di pensieri: e la solenne sentenza che i nostri critici pronunciarono da più secoli su i libri divide sempre scrupolosamente il merito d'un autore, come pensatore e come scrittore; onde giornalmente si ode pronunziata gravemente da uomini dottissimi la contradizione: il libro è ottimo, ma è male scritto, — o: il libro è ottimamente scritto, ma è sì cattivo che non si può leggere. I fatti che ora anderò esponendo somministreranno le chiavi a conoscere le occulte cagioni e i tristissimi effetti di questa assurdità.

Una lingua comune comincia a essere letteraria quando incomincia ad essere scritta, e scritta in modo che sia intesa da tutta una nazione; e allora gli scritti si diffondono necessariamente sopra tutta la superficie di quel paese, e si conservano da' contemporanei e da' posteri. Però la lingua propriamente, chiamata Italiana non può considerarsi letteraria, se non se dal secolo XII, cento anni circa prima che Dante scrivesse. Infatti, quanto fu scritto un secolo innanzi Dante s'intendeva allora, e si intenderebbe anche oggi più o meno da tutti gli Italiani; — ma poichè la nazione, o per parlare più generalmente, le popolazioni delle differenti provincie d'Italia esistevano anche per le tenebre più fitte del medio evo, certo è che parlavano e s'intendevano fra di loro; e benchè non possedessero lingua letteraria, avevano ad ogni modo una lingua. Certo dunque dev'essere che da questa lingua parlata, fra il VI e il XII secolo in Italia, sia di necessità derivata la lingua che poi fu scritta e diventò letteraria.

Ma quale fosse quella siffatta lingua parlata fra' sei secoli della barbarie fu ed è una quistione che occupò per i sei secoli seguenti tutti gli eruditi e gli antiquarj italiani, e che gli occuperà forse per altri sei secoli, e rimarrà pur sempre quistione. Rimane quistione, perchè gli eruditi vogliono fondare sistemi, e da un principio, forse giustissimo in sè, vogliono applicare le lor conclusioni a fatti che non possono conoscere, perchè quella barbarie ed il tempo gli han seppelliti per sempre; e gli antiquarj dall'altra parte, sdegnando non solamente i principj metafisici, ma anche gli assiomi generali incontrovertibili, perchè sono nella natura e nella storia del genere umano, vogliono decidere sì oscure quistioni su la testimonianza di monumenti ed autorità di documenti. Ma rari letterarj monumenti esistono del medio evo, mutilati in gran parte e spesso falsificati; onde la loro autorità è debolissima. E nondimeno sopra sì incerta testimonianza gli antiquarj si sono fondati in Italia su la quistione della prima formazione della lingua italiana, — come antiquarj d'altri paesi si fondano sopra poche medaglie, o alquante corrose iscrizioni, o vecchie pergamene per decidere materie che sono forse più rilevanti.

Quattro partiti letterarj, che se fossero armati sarebbero degenerati in fazioni, assordarono l'Italia con la disputa su l'origine della lingua. — I primi e più dotti volevano che la lingua italiana non fosse che il dialetto plateale che la plebe romana parlava fino nell'epoca più antica e più splendida di Roma; – e stabilirono le loro ragioni così.

È certo che i grandi oratori romani parlavano non romano ma latino, e gli autori scrivevano non romano ma latino; perchè il dialetto del popolo romano era volgare, pronunciato tronco, senza leggi esatte di grammatica, e come infatti ogni dialetto è parlato dal popolo in tutti i paesi. – Ma il popolo, soprattutto gli abitanti della campagna, conservarono sempre i loro usi antichi, le loro foggie di vestire ed il loro dialetto, di padre in figlio e di generazione in generazione: dunque la lingua del popolo italiano nel tempo della barbarie era la stessa che parlavasi a' tempi di Augusto, e la stessa che discese a' tempi di Dante.

Il fatto che la lingua latina fosse distinta da quella degli abitanti di Roma, e fosse una specie di lingua più letteraria che parlata, è attestato e illustrato assai volte da Cicerone, e soprattutto nella breve ed ammirabile storia critica che ei scrisse degli Oratori illustri di Roma. Ma l'altro fatto, che il popolo conservò per più di dodici secoli la sua lingua, è appoggiato più a congetture che alla storia. La storia al contrario e l'osservazione giornaliera ne accertano, che nulla cangia quanto il dialetto. In Italia dovea cangiare per il concorso d'infiniti diversi popoli settentrionali che la invasero, la spopolarono e la ripopolarono; ma dovea anche cangiare per la naturale tendenza che tutte le cose dell'universo hanno di alterarsi, e le lingue molto più, perchè la loro pronunzia si altera leggermente di secolo in secolo, di generazione in generazione, e forse anche di anno in anno, nella pronunzia; e l'alterazione della pronunzia fa mutamenti di suoni, e i mutamenti di suoni nelle parole vanno coll'andar del tempo ad accrescersi in guisa, che la lingua, se non si muta del tutto, si altera sì fattamente da parere diversa da quella che era pochi secoli addietro. – Il cangiamento di pronunzia essendo impercettibile a' contemporanei, accade senza lasciarsi osservare; ma se si nota che in quasi tutte le lingue si scrivono più lettere che non si pronunziano in fatti, e che quelle lettere che ora si scrivono e non si pronunziano dovevano essere pronunziate, altrimenti non si sarebbero scritte, si ricaverà la conclusione che la pronunzia si altera insensibilmente in tutte le lingue. – E non vediamo che gli stessi caratteri della scrittura si alterano di secolo in secolo sì fattamente, che una mediocre esperienza basta a far distinguere i codici manoscritti di un secolo da quelli di un altro? Quanto più dunque non deve esser soggetta ad alterazione la pronunzia e la lingua, che è cosa vaga ed incerta di per sè, facile ad adottare espressioni straniere, parole nuove, per invenzione di arti forse, ed idee nuove? Anzi io credo che quante lingue si parlano sulla superficie della terra non siano originate che da un solo tronco, e che la loro diversità non sia prodotta che dalle diverse pronunzie, cagionate dalla diversità de' climi, dalla mistura de' popoli diversi fra loro, da nuovi costumi e dagli anni. Non ignoro che questa proposizione, che tutte le lingue derivino da una sola, può sembrare assai strana; ma o bisogna ammetterla, o adottare la congettura seguente: che il genere umano non sia a principio nato in una sola contrada, donde moltiplicandosi e diffondendosi sopra la terra, l'abbia popolata gradatamente; ma che sia nato in tutte le parti del mondo, e che abbia inventato lingue diverse. È congettura, al mio parere, più strana che il genere umano abbia pullulato tutto ad un tempo in diverse parti del globo; che le nazioni si sieno formate non da una origine unica e primitiva, ma da differenti origini, e che ciascuna nazione, così nata, per così dire, da sè, si sia formata una lingua tutta sua propria. Ma se invece si ammette che il genere umano originò a principio in una sola parte del globo; che moltiplicandosi e diffondendosi sulla terra gradatamente l'abbia popolata, come d'una sola famiglia si formarono prima tribù vaganti, e quindi città, e si distinsero nazioni, così di un solo scarsissimo dialetto primitivo si formarono lingue ed idiomi distinti. – Non venne dunque distrutta l'opinione, benchè acremente e lungamente sostenuta da uomini dotti, che la lingua italiana sia, con pochissima differenza, la lingua parlata della plebe romana.

Un secondo parere che la lingua italiana derivasse dagli Aramei popoli della Caldea era sostenuto specialmente da alcuni antiquarj fiorentini, i quali ammettevano che una gran parte di parole era di origine latina, ed un'altra era teutonica, per l'anteriore dominio de' Romani, e poi de' popoli settentrionali in Toscana; ma contendevano ad un tempo che il fondo primitivo della lingua era arameo. Essi si fondavano, parte sopra etimologie di un gran numero di parole siriache, che que' dotti dicevano di trovare tuttavia viventi nella lingua toscana; e parte sopra erudizioni di autori, come Beroso e Sanconiatone, dei quali non sono mai esistiti che i nomi; i quali avevano lasciato scritto che una colonia di Caldei avea navigato il Mediterraneo, e s'era stabilita antichissimamente in Etruria, donde non era mai ritornata, e che vi fondò una nazione, e vi portò riti religiosi e l'arte degli augurj e delle divinazioni; riti ed arti che infatti i Toscani portarono poscia a Roma, e l'origine de' quali era da' Romani stessi assegnata a' Caldei. Ed io credo la Toscana sia stata popolata un tempo da tribù d'avventurieri che navigarono sia dall'Egitto, sia dall'Arabia; e principalmente lo desumeva già da quella forte aspirazione peculiare a' Toscani, segnatamente a' Fiorentini, ed ignota a tutto il resto d'Italia ed anche dell'Europa, dagli Spagnoli in fuori, la quale chiamano *gorgia*; e ognuno sa che pronunziano *hasa*, *haro*, *harrozza*, invece di *casa*, *caro*, *carrozza*, come pur fanno tutti gli altri Italiani; e questa profondissima aspirazione gutturale è propria a molti, agli Egiziani ed a tutti gli Arabi, ed alle lingue che si propagarono dall'Arabia. Anzi, questa opinione era per me quasi certezza finchè venni in Inghilterra, dove trovai il Θ greco pronunziato appunto come in Grecia, benchè scritto col *th* come scrivevasi da' Latini, per indicare parole derivate dal greco, benchè essi non lo potessero mai ben pronunziare; nè io so che sia distintamente pronunziato se non dagli Inglesi; onde, se l'aspirazione gutturale de' Fiorentini bastasse a indicare la loro origine arabica, l'aspirazione dentale del Θ basterebbe a indicare l'origine greca de' Britanni: così il primo assurdo mi trascinerebbe al secondo e a molti altri.

Ma anche supponendo i Fiorentini discendenti dagli Arabi, non ho mai creduto che la loro lingua fosse altro che una modificazione di quella che parlavano sotto a' Romani; – senza però arrendermi ad alcuna delle altre due opinioni che, difese da due opposti eserciti di dotti di gran fama per i lor capitani, sostenevano, gli uni che la lingua italiana fosse derivata dal dialetto siciliano, e gli altri che fosse derivata dal dialetto provenzale. – La prima opinione era stata pronunziata da Dante, e la seconda dal Petrarca; e l'autorità di testimonj sì competenti, e di sì grandi nomi accresceva l'accanimento de' due partiti.

Dante peraltro e Petrarca potevano errare anch'essi; nondimeno l'uno e l'altro avevano proposta la congettura la più ragionevole; e quando i letterati, specialmente italiani, non si compiacessero di tutte le occasioni per prolungare le loro battaglie e i loro trionfi di penna e di grida accademiche, e soprattutto di funeste e vilissime animosità provinciali, le due opinioni di Dante e Petrarca, benchè diverse, potevano, col ravvicinarle, condurre alla verità.

Il dialetto Siciliano e Provenzale, e il Catalano, e quel di Linguadoca, e quel di Toscana, e degli altri popoli d'Italia, e di molte parti dell'Europa meridionale, non derivarono l'uno dall'altro, nè prevalsero l'un dopo l'altro; ma erano tutti contemporanei, ed erano tutti nati quasi ad un tempo, e si modificarono l'uno per mezzo dell'altro al tempo del lungo dominio de' Romani in Europa. Allora ogni popolo si chiamava romano, ed ogni dialetto d'ogni provincia si chiamava romanzo, o lingua romanza. – I Greci stessi che, per la traslazione dell'impero in Costantinopoli e per i primi padri della Chiesa scismatica, scrissero in greco, conservando fra bene e male la loro lingua e la loro letteratura, adottarono nondimeno tante parole da' Romani, che la loro lingua fu allora, ed anch'oggi è nominata *romeiki*, e dagli Inglesi *romaica*. E chi analizzasse questa lingua romaica, vi troverebbe infinite parole della barbara latinità del medio evo; – come pure avviene nella lingua inglese, la quale, al dire d'autori che ne scrissero *ex professo*, e d'uomini dotti co' quali ne ho tenuto discorso, quantunque composta di molte lingue diverse, il maggior numero delle sue parole l'ha dal latino. – Vero è che molte sono state introdotte dalla Francia, ma per qualunque via sianvi approdate, non sono meno latinismi; e per quanto altri sia di parere diverso, io fermamente credo che la più parte, e segnatamente i verbi, sieno state introdotte in Inghilterra nel medio evo dalle colonie militari romane. Così i nomi *grace*, *elegance*, che non hanno cambiato quasi ortografia e appena si sono alterati nella pronunzia, *gratia, elegantia* in latino; *grazia, eleganza* in italiano; *grace, élégance* in francese; *grace, elegance* in inglese, sono d'introduzione più tarda e appartengono al secolo di cui parliamo: – i verbi *extraho, extractum,* – *strech'd, exert, to screw,* ecc., sono di antichissima introduzione, e divenuti di suono sassone e settentrionale.

Questa lingua barbara derivata dalla romana e chiamata allora ed anch'oggi romanza, ed esistente vivissima in alcuni paesi, aveva sotto il lungo dominio de' Romani, e le perpetue colonie militari, abolite, se non estinte, le diverse lingue nazionali de' popoli, – come la lingua inglese d'oggi ha fatto e farà sempre più dimenticare i dialetti parlati dagli antenati nella Scozia, nell'Irlanda e nel paese di Galles: – e come avviene nell'inglese parlato oggi dagli Scozzesi e Irlandesi. Ma la lingua romana, adattandosi agli organi de' popoli di differenti climi e d'abitudini e lingue diverse, la lingua *romanza,* quantunque in sostanza la stessa lingua, divenne modificazione apparentemente diversa in ogni provincia d'Europa.

Di questi dialetti rimangono documenti scarsissimi, perchè la lingua letteraria continuava ad essere pur sempre la latina, barbaramente scritta, e nella quale si pubblicavano le leggi, i decreti, gl'istrumenti legali; e quel poco che i maestri potevano insegnare lo dettavano in latino, – primamente perchè, fintanto che i Romani dominarono, vollero che nelle faccende pubbliche la loro lingua fosse anche intesa da tutti i loro sudditi; – in seguito perchè nell'invasione de' barbari il clero rimase erede degli avanzi della giurisprudenza, della legislazione, e della lingua latina, e nessuno sapea scrivere fuorchè il clero; e finalmente perchè i popoli settentrionali generalmente doveano servirsi d'una lingua nella quale le leggi erano scritte, e che se non intesa dal popolo, era pure interpretata da' legali e da' maestri delle scuole, da' preti, da' monaci e da' vescovi, che in quasi tutta l'Europa d'allora ottenevano una grande preponderanza.

Pur la quistione sarebbe rivolta in congettura, se in questi ultimi anni un letterato italiano, che da pochi mesi non vive più, non avesse con somma industria e con eguale imparzialità raccolti ed esaminati quanti avanzi scritti rimanevano della lingua romanza anteriori al secolo di Dante. Egli, paragonandoli l'uno all'altro, riescì a convincere sè medesimo ed i suoi lettori che quegli scritti, benchè di diversi paesi d'Italia, e talvolta anche di diversi popoli d'Europa, quantunque differissero nella terminazione delle parole, e in alcune varietà di sintassi, erano nondimeno composti degli stessi vocaboli, e con la stessa legge grammaticale; cosicchè tutti possono con pochissime alterazioni essere letteralmente tradotti nella lingua italiana d'oggi.

Gli Italiani, e soprattutto i Fiorentini, conservarono più gran numero di voci latine, sì perchè continuavano ad abitare il paese dove la lingua latina era stata la lingua nazionale, e dove era la sede de' pontefici e della gerarchia ecclesiastica che continuavano a servirsi del latino, e a pronunziare i vocaboli della lingua romanza men corrotti che dagli altri Italiani; sì perchè la Toscana fu meno che altro paese d'Italia sotto il diretto governo de' conquistatori settentrionali, e gli organi de' suoi abitanti avvezzi a pronunziare le parole intere, lunghe e rotonde alla latina, erano stati preservati nella stessa abitudine, parte dalla bellezza del clima, e parte dal poco commercio co' popoli del nord.

Molte parole nondimeno delle lingue teutoniche restarono alla lingua letteraria italiana; e v'è un criterio sicuro per distinguerle. Rare, se pur ve n'ha alcuna, riguardano la vita domestica e gli usi comuni della vita, che non sieno latine; ma le parole appartenenti a cose di guerra o titoli militari sono teutoniche, e sottentrarono a quelle de' Romani. Così *brando, elmo,* invece di *ensis* o *gladium,* e *galea; marciare, marescalco,* invece di *proficisci* o *procedere,* e *Dux*; e, per lasciare altri esempj, invece del latino *bellum* dissero *guerra* da *war,* donde venne il nome de' Germani di *Warman.* Lo stesso avvenne, benchè più tardi, per altri oggetti in Inghilterra, e fu al tempo delle conquiste normanne; perchè le voci esprimenti *bue, vitello, porco, agnello, montone,* ed altre necessità della vita somministrate dall'agricoltura, restarono sassoni nella campagna; ma i soldati andando a comprare queste cose al mercato, o forse anche il conquistatore avendo imposta una tariffa prevalendosi della propria nomenclatura, restavano alla cucina i nomi franco-romanzi di *veal*, *beef*, *mutton*.

Come la lingua italiana abbia troncate e modificate le terminazioni della latina, e sia ricorsa agli articoli, non è difficile a intendersi. Sino al secolo XII tutte le provincie italiane parlavano la lingua romanza più o meno modificata nella pronunzia, secondo il genere di organi loro naturali, e più o meno arricchita di parole forestiere, secondo che era stata generata da diverse nazioni forestiere, e il contatto e il commercio che aveva tenuto con esse. Così i Napoletani e Siciliani non hanno quasi parole di origine teutonica, e ne hanno di arabiche e di normanne; – i Genovesi, e più ancora i Veneziani, che navigavano in Grecia e sulle coste dell'Affrica, hanno molte voci di origine greca, ed alcune di origine arabica, che sono poi passate nella lingua Toscana, e in tutte le lingue d'Europa; come fra le altre: *ammiraglio*, in inglese *admiral* – *arzanà*, come Dante lo scrive, e *darzena* come lo pronunziano i Genovesi, ed *arsenal*, come oggi è proferito da' Veneziani; e in italiano scrivesi *arsenale*, e *arsenal* in inglese. Onde il dottore Johnson a torto lo chiamò vocabolo d'origine italiana, quando è pretto affricano; se non che pare che il dottore Johnson non abbia giudicato le etimologie e derivazioni delle voci esser degne del suo studio: ma, se di tanto uomo è permesso di dire meno che lodi, egli avrebbe fatto da savio disprezzandole e tralasciandole affatto; pure avendole ammesse nel suo dizionario senza degnarle di esame, pare che egli disprezzasse anche i suoi lettori.

Nel duodecimo secolo, quando si cominciò più o meno a scrivere la lingua romanza, gli Italiani cominciarono a chiamarla *volgare* per distinguerla dalla latina, e il nome di romanza restò alla provenzale, che fu chiamata anche *linguotta*.

Ma la Provenza aveva avuto una corte e principi e gli uomini più distinti d'Europa, e alcuni negli ultimi tempi delle Crociate, molto innanzi che l'Italia si fosse affatto riscossa dal giogo teutonico: però quella lingua fu scritta innanzi della italiana, e diventò letteraria; cosicchè Brunetto Latini maestro di Dante, volendo scrivere più per la gente educata che pei letterati di professione, e non essendovi a' tempi suoi nè molti scrittori, nè molti lettori di lingua italiana, s'appigliò a scrivere il suo trattato di Rettorica e Filosofia in lingua romanza, chiamata provenzale, perchè era intesa da tutti.

Ma la poesia che precede la prosa in tutti i paesi, e più in climi ed età dove regnano le immaginazioni e le passioni, era stata coltivata in lingua romanza, chiamata siciliana, cinquanta anni innanzi di Dante, secondo il suo proprio computo; e i poeti siciliani incominciarono a ridurre la lingua italiana al grado di letteraria. Quindi le due asserzioni di Dante e di Petrarca, asserzioni che divisero e divideranno per lungo tempo i grammatici antiquarj, si accordano mirabilmente; perchè molte lingue romanze italiane, senza essere formate dalla provenzale o dalla siciliana, esistevano contemporaneamente; e quando di queste differenti gli scrittori cominciarono a farne una sola generale ed intelligibile a tutta l'Italia, spogliandola de latinismi, de' francesismi e de' plebeismi, ritennero tutte le parole utili e le frasi eleganti che appartenevano tanto alle lingue romanze di Francia, quanto a quelle d'Italia e di Sicilia.

Nè Dante e Petrarca allegarono un'opinione differente su questo proposito con l'intenzione di decidere della origine della lingua: – questi due Poeti non alludevano che ai *Trovatori*, come allora si chiamavano gli scrittori di rime, che oggi si onorano col titolo di Poeti. Senza intendere di decidere un punto d'antichità, Dante affermava agli Italiani che dovevano coltivare la loro lingua materna, scriverla invece della latina, e non arricchire di opere la Francia, componendo in dialetto romanzo-provenzale, ma scegliere piuttosto il dialetto romanzo-siciliano, che era men aspro, più pieno di vocali e più vicino e conforme agli organi ed alla pronunzia degli Italiani, e in conseguenza più intelligibile; ma che per altro non bisognava adottare nessun dialetto romanzo particolare, ma combinare il meglio di tutti e formare una lingua universale a tutta l'Italia. E Dante diede i precetti e l'esempio; ed oltre il suo poema e le rime, scrisse in prosa italiana de' trattati ammirabili per la lingua, e di tale stile stampandoli, che con pochissime alterazioni d'ortografia parrebbero scritti oggi. Il Petrarca al contrario non ha mai considerato la lingua italiana come capace di trattare soggetti in prosa: scrisse seriamente e gravemente per ambizione di fama opere in latino, nè mai scrisse in italiano se non in versi per descrivere la sua passione; e anche egli, come Dante, si formò una lingua tutta sua propria, scegliendo e combinando i più eleganti ed espressivi ed armoniosi vocaboli ed idiomi, da molti e varj dialetti romanzi sì Italiani che Francesi. – Ma tanto Dante che Petrarca, avendo succhiato il loro dialetto paterno col latte di madri e nudrici fiorentine, dovevano necessariamente avere il dialetto toscano per fondo della loro lingua italiana scritta; pure non ne ritennero, per così dire, che l'ossatura, perchè col potere del loro genio ciascuno de' due si creò una lingua nuova. Quella di Dante è più originale e più italiana, sì perchè fu il primo, e sì perchè aveva ricavati i materiali del suo stile da varj dialetti d'Italia; e quella del Petrarca è più elegante e più raffinata di frasi, sì perchè egli, essendo venuto dopo, perfezionò molti modi di lingua introdotti da altri, ed essendo stato educato da giovinetto in Provenza dove abitò lungamente, ed amò, e scrisse le sue poesie amorose, si servì più che Dante d'idiomi del romanzo provenzale, e diede ai trovatori Provenzali il merito, forse vero forse non vero, di avere introdotto non la lingua, ma i metri delle poesie italiane; ed in questo particolare vedremo che si ingannò, perchè la forma del sonetto fu trovata in Sicilia, e la forma della canzone lunga è tutta d'invenzione Toscana. Questi due grandi uomini, e il Villani loro contemporaneo, ed altri storici, e poscia il Boccaccio contribuirono grandemente alla diffusione e popolarità del dialetto toscano in Italia, e al fondamento della lingua letteraria italiana. Ma, anche senza questi grandi scrittori, il dialetto toscano aveva acquistato da sè qualità che lo rendevano migliore di tutti gli altri dialetti italiani. Aveva, come si è detto, più numero di parole latine ed indigene, per così dire, all'Italia e più confacentisi a una lingua letteraria; aveva col numero dei vocaboli conservata più rotondità di pronunzia. Avevano i Toscani, e l'hanno tuttavia i Fiorentini, i Pistojesi e Sanesi fra gli altri, una corretta modulazione naturale di suoni nell'esprimere le parole. La repubblica di Firenze era democratica: il genere umano in tutti i paesi è destinato a essere strascinato per le sue lunghissime orecchie; ma ne' paesi liberi e dove il popolo fa leggi, i suoi conduttori devono essere eloquenti. – E col parlare continuo in pubblico, gli uomini creati dalla natura per essere eloquenti diventano oratori, ed arricchiscono e perfezionano la loro lingua. Finalmente, per un singolare concorso di circostanze, ogni padre di famiglia in Firenze teneva un registro domestico di quanto accadeva nella sua casa: e siccome dal più ricco al più povero tutti si credevano membri non solo della foro famiglia, ma anche della repubblica, tutti ne' loro diari mescevano le faccende pubbliche; cosicchè, esercitandosi a parlare in pubblico e scrivere di cose importanti, la lingua acquistava perfezione, esattezza, e colore. Molti di questi manoscritti furono pubblicati, e sono davvero tesori di lingua, di composizione, e di storia. Leggendoli, il grammatico si maraviglia della correzione della sintassi nell'elocuzione; – il critico non sa come spiegare quella spontanea, secreta e tanto più potente arte ed ordine di stile; – e lo storico vi trova particolarità e date e riflessioni politiche che sarebbero sfuggite anche al genio d'Erodoto e di Tacito. A questo esercizio di facoltà naturali aggiungevasi il profitto che ritraevano dal tradurre gli scrittori latini, e quasi sempre in prosa – spesso non intendendoli perfettamente; ma le traduzioni de' classici serj, comunque siano fatte quanto alla fedeltà, servono mirabilmente a portare varietà, novità, abbondanza e nobiltà ad una lingua, soprattutto se la lingua è vivente e docilissima agli innesti. Tale è il carattere generale degli scrittori fiorentini, durante il secolo illustre per Dante, Petrarca e Boccaccio; nel qual tempo, per un fenomeno di cui io non ho mai udito, nè ho mai saputo trovare la spiegazione, in nessuno di quelli scrittori fiorentini, molti de' quali artigiani, e le opere de' quali si trovano tuttavia manoscritte a centinaia, non è una sola inesattezza grammaticale, mentre nelle rarissime lettere che Petrarca scriveva in fretta in italiano, alle volte non v'è grammatica.

Ma la lingua italiana non rimase in questo stato di prosperità più d'un secolo; poichè poco più di trenta anni dopo la morte del Boccaccio, non vi fu, per così dire, più nè scrittore, nè lingua. Tutti gli uomini si vergognavano di scrivere in altra lingua fuorchè in latino; e fra l'anno 1400 e l'anno 1480, in cui comincia l'epoca celebre di Lorenzo de' Medici, appena troviamo tre o quattro scrittori che meritino d'essere studiati per la correzione. Fra l'altre ragioni che si paleseranno da sè, allorchè il corso di queste letture ci condurrà a quell'epoca, ve n'è una non osservata, ch'io mi sappia, da quanti trattarono la storia della letteratura italiana; ed è, che i padri e i maestri, per favorire lo studio del greco e del latino, proibivano non solo lo scrivere in italiano, ma lo studiare gli autori più celebri della loro patria. Il Varchi, che era giovinetto verso la fine dell'epoca di Lorenzo de' Medici, scrive ciò ingenuamente di sè e del suo maestro nell'*Ercolano*; ed io citerò le sue parole: «Quando il Magnifico Giuliano fratello di papa Leone era vivo, che sono più di quaranta anni passati, ... la lingua fiorentina, come che altrove non si stimasse molto, era in Firenze per la maggior parte in dispregio; e mi ricordo io, quando era giovanetto, che il primo e più severo comandamento che facevano generalmente i padri a' figliuoli, e i maestri a' discepoli, era che eglino nè per bene, nè per male *non leggesseno cose volgare* (per dirlo barbaramente, come loro); e maestro Guasparri Mariscotti da Marradi, che fu nella gramatica mio precettore, uomo di duri e rozzi ma di santissimi e buoni costumi, avendo una volta inteso, in non so che modo, che Schiatta di Bernardo Bagnesi e io leggevamo il Petrarca di nascoso, ce ne diede una buona grida, e poco mancò che non ci cacciasse della scuola.»

DISCORSO SECONDO

EPOCA SECONDA

DALL'ANNO 1230 AL 1280

I poeti siciliani furono contemporanei, o non molto posteriori, e più celebri dei trovatori lombardi; e la lingua letteraria, benchè presentita ne' differenti romanzi provenzali usati dagli antichissimi rimatori in Italia, non cominciò a risuonare se non nel dialetto romanzo de' Siciliani; nè fu nobilitata da grandi scrittori, se non dopo che il dialetto Siciliano fu innestato nel dialetto romanzo de' Toscani. I trovatori in Italia furono sempre pochissimi, e taluno d'essi era nato a Genova, tal altro in Torino, altri in Milano, in Mantova e in Ferrara e in Venezia; ma nessuno era siciliano nè fiorentino. L'unica allusione a un Toscano che sapesse di provenzale s'incontra in una raccolta di novelle antichissime, dove un cavaliere andò a chiedere una grazia al re Carlo: non perciò appare dalla novella che il Fiorentino fosse poeta o scrittore, e non più che parlatore eloquente nel dialetto del Principe francese.[1] Bensì, fino dal primo sorgere de' poeti siciliani e toscani, tutta l'Italia dimenticò i suoi trovatori in guisa che la loro fama non rimase viva, se non in Provenza, dove il dialetto romanzo, che essi avevano usato, continuava ad esser popolare. Il più antico fra loro, e che dagli storici ed antiquarj è sempre chiamato *Folchetto Marsigliese*, era nato, per testimonianza di Dante, fra' confini di Genova e della Toscana.[2] – Il Petrarca aggiunge che l'onore che il suo genio aveva procacciato al suo paese nativo era stato ereditato da Marsiglia; – e che egli, invecchiando, mutò studj e costumi, e aspirò a patria migliore[3]. Infatti, dopo aver menato in gioventù la vita godente de' trovatori, Folchetto fu convertito a pentimento dalla morte di una donna che egli amava e celebrava in tutti i suoi versi; ond'egli indusse sua moglie a far voto di castità in un monastero, ed ei co' suoi figli si vestì da monaco, e morì vescovo e santo. Ma rari, se pur alcuni, fra i trovatori ottennero la celebrità di Sordello; – e quand'essi erano da principio cavalieri poeti, vivevano men noti all'Italia che ne' paesi forestieri, dov'essi dimoravano qua e là nelle corti; finchè, divenuti poi rimatori e cantanti per arte, non passavano quasi mai di là dalle Alpi o dall'Appennino; e non approdavano molto in tempi, ne' quali ogni città italiana tendeva alla democrazia; – e dopo la metà del secolo decimoterzo e la morte di Azzo VII d'Este, il più magnifico e l'ultimo de' loro protettori, rare menzioni s'incontrano de' loro nomi.

Con Sordello, il più antico di molti, cominciano e finiscono i nomi di quelli che in quel secolo ferreo contribuirono a fare incivilire con la letteratura la Lombardia. Molti scrittori hanno anticamente narrato di lui cose più convenienti alla poesia che alla storia; ma oggi non sarebbe più nominato, se il suo carattere, com'è rappresentato da Dante, non procurasse ammirazione insieme e amicizia per un uomo sì splendidamente dipinto da un poeta, il quale non è liberale di lodi. Dante, viaggiando nel Purgatorio, incontra l'ombra di Sordello, e così la designa:

> Venimmo a lei: O anima Lombarda,
> Come ti stavi altera e disdegnosa,
> E nel mover degli occhi onesta e tarda!

---

1   *Cento novelle antiche.*
2   *Paradiso*, canto IX.
3   *Trionfo d'Amore*, cap. IV.

Ella non ci diceva alcuna cosa:
Ma lasciavane gir, solo guardando
A guisa di leon quando si posa.

Ma quantunque l'Italia cominciasse a possedere una lingua letteraria e nazionale, le sue varie provincie e città non però cessavano – nè mai cesseranno – dal parlare dialetti stranamente diversi fra loro. Dante, che per arricchire la lingua andava scegliendo parole e frasi da tutti que' dialetti, e gli esaminava con orecchio attentissimo, le trovò divise in quattordici provinciali, e suddivise in altrettante municipali, sì ch'ei disperò di potere accertarne il numero[4]. Dai saggi che egli ne reca, pare che gl'Italiani nativi di differenti provincie non potessero bene intendersi fra loro. Nè la diversità e il numero de' dialetti italiani è minore a' dì nostri. Sappiamo per prova che nè un Napoletano illetterato intende un Milanese, nè un Torinese un Bolognese; nè quattro uomini educati, ognuno de' quali fosse nativo in una di quelle quattro diverse provincie, potrebbero conversare senza frantendersi, se non usassero fra di loro un certo italiano ibrido, che, partecipando pur sempre del dialetto provinciale di chi lo parla, assume ad ogni modo le desinenze e la grammatica della lingua letteraria della nazione; e questa lingua nazionale, benchè non sia parlata nè bene nè male dal volgo, è nondimeno più o meno intesa anche dall'infima plebe. Abbiamo già accennato che una siffatta lingua comune dovea esservi anche allora, e fra poco ne daremo le prove: ma non era ancor letteraria. Primi i Siciliani ridussero il loro dialetto nativo a lingua scritta e popolare ad un tempo: ma benchè non l'usassero come lo udivano uscire dalle labbra del popolo, tuttavia non lo alteravano in guisa che non si vedesse che apparteneva propriamente ai nativi di quell'Isola: ad ogni modo era molto diverso dal provenzale, e più grato e più intelligibile a tutta l'Italia. – Infatti, mentre la poesia de' trovatori lombardi cadeva in perpetua dimenticanza, quella di Sicilia fioriva in guisa, che siciliano e italiano si trovano negli autori di quel paese adoperati come sinonimi[5]. Che se poscia Firenze, più che la Sicilia, ottenne la gloria d'aver contribuito principalmente a stabilire la lingua letteraria della nazione, il merito è dovuto non solo a' suoi grandi scrittori che spettano all'epoca successiva, ma ben anche e forse molto più alle cause seguenti: – al dialetto de' siciliani; – al latino scritto dal clero romano; – alla lingua francese; – ma soprattutto al regno di Federigo II in Italia.

In quanto a' Siciliani, anch'essi nel corso de' secoli del medio evo parlavano la lingua romanza; ma avevano assai prima d'allora innestato il latino sul greco che era la loro lingua patria, e che con l'affluenza e soave modulazione delle sue vocali comunicò al dialetto de' Siciliani una tradizionale melodia di pronunzia. Quindi il dialetto che parlano anco a' dì nostri è fluidissimo di vocali. La strofetta seguente di un Siciliano morto prima del 1200[6] lascia sentire, per la moltitudine delle vocali e la scarsezza delle consonanti, una grande affinità alla lingua italiana d'oggi, e molta più melodia che in certa canzonetta provenzale di Federigo I suo contemporaneo.[7]

---

4   *Si primas, si secundarias, si subsecundarias vulgaris Italiae variationes calcolare velimus, in hoc minimo mundi angulo, non solum ad millenam loquelae variationem venire contigerit, sed etiam ad magis ultra.* - De Vulg. Eloq. c. 8.

5   *Nam videtur sicilianum volgare sibi famam prae aliis asciscere, eo quod quidquid poetantur Itali sicilianum vocatur.* - Dante, *De Vulg. Eloq.* cap. XII.

6   Ciullo d'Alcamo. - (F. S. O.)

7

Plas my cavallier Francès
E la donna Catalana,
E l'onrar del Ginoès
E la court de Castellana;
Lou cantar Provensalès
E la dansa Trivisana,
E lou corps Aragonnès

Rosa fresca aulentissima

C'appari inver l'estate,

Le donne te desiano

Pulcelle e maritate.

Chi togliesse il latinismo oggi fuor d'uso, e che il poeta siciliano, per amore delle vocali, invece di *olentissima* pronunziava *aulentissima*, e se invece di *c'appari* si scrivesse *che appari*, nessuno mai crederebbe che questi quattro versetti non fossero di un qualche poema moderno. Questa ed altre poesie posteriori furono imitate dai primi poeti toscani; e forse l'affluenza delle vocali nel dialetto siciliano operò sì che tutte le parole, le quali nella lingua latina e in tutti i dialetti e le lingue da lei derivate terminavano in consonanti, terminassero, nella lingua letteraria italiana, in vocali. Il latino *panis* – in spagnuolo *pan* – in francese *pain* – odesi in quasi tutte le provincie settentrionali d'Italia pronunziato tronco, ma non vedesi mai scritto in tutta l'Italia (fuorchè talvolta in poesia) se non *pane*; nè v'è parola italiana che non ammetta la medesima osservazione.

La lingua de' conquistatori romani, che, come nel precedente Discorso abbiamo accennato, predominava a principio *scritta* insieme e parlata in tutte le regioni soggette al loro Impero, cominciò fin da' primi tempi del medio evo a dividersi in *latino scritto*, chiamato *curiale* ed *ecclesiastico*, ed in *latino parlato*, chiamato *romano rustico* e poscia *romanzo*. Questa divisione continuò per oltre cento anni anche dopo l'epoca che ora andiamo osservando. Bensì nel corso di que' dodici secoli il latino si alterava di meglio in peggio e di peggio in meglio sotto la penna degli scrittori, senza mai perdere le sue primitive sembianze. Ma il romanzo alterandosi con la pronunzia che gli anni cangiano gradualmente in tutte le lingue parlate, ed innestandosi ne' linguaggi di tante differenti nazioni alle quali era comune, andò continuamente assumendo forme, suoni, significati e sintassi sempre più dissimili dalla lingua latina; si divise in dialetti infiniti, sinchè i dialetti provinciali e municipali si ricongiunsero a creare in ogni nazione una lingua letteraria, distinta dalle altre nate e cresciute dalla stessa origine e nel medesimo modo.

Sì fatte metamorfosi non appariranno fenomeni a chiunque non perderà mai d'occhio il principio generale da noi stabilito, perchè deriva dalla storia di tutte le lingue, e che non cesseremo d'applicare, perchè è principalmente efficace a farci conoscere i primordj, i progressi, le vicissitudini e lo stato attuale della italiana letteratura; – ed è: *che le lingue si trasformano e si moltiplicano unicamente per mezzo della pronunzia*. Il romano rustico essendo più parlato che scritto, il suono di ogni sua parola si cangiò in varie guise a norma degli organi e de' linguaggi anteriori di ciascun popolo: onde il latino *presbyter* divenne *prevete– prêtre– prete – priest*; e la sua origine, benchè non possa più omai rintracciarsi oltre al ΠΡΕΣΒΥΣ de' Greci, deve essere certamente molto più antica. – Al contrario, se una lingua è più scritta che parlata, s'imbarbarisce per neologismi, per durezza di costruzioni, per ineleganza d'idiotismi e per assoluta povertà di

---

E la perla Julliana;
La mans e kara d'Anglès
E lou donzel de Thuscana.

Così cantava in Torino *il buon Barbarossa*, dopo aver spianato Milano. Forse non avrebbe avuto estro sì gaio dopo il 29 maggio 1176. - (F. S. O.)

native grazie spontanee. Tuttavia, non soggiacendo al potere arbitrario impercettibile e invisibile delle pronunzie popolari, serba perpetuamente le sue prime forme. Il latino curiale ed ecclesiastico scritto e letto sempre, ma pronunziato di rado nel medio evo, si guastava, ma non però trasformavasi; perchè ogni sua parola era fedelmente seguita con obbedienza passiva dall'occhio de' lettori, e gli scrittori per riconoscerla preservavano scrupolosi la medesima ortografia. La parola *presbyter* infatti era un barbaro neologismo ignoto agli autori classici, e cominciò ad essere usato nel terzo secolo da' Padri della chiesa, quando la religione cristiana introducevasi quasi contemporaneamente in tutti i dominj romani: pur nondimeno d'indi in qua continuò ad essere scritto ad un modo, e inteso da chiunque sa di latino. Ma le pronunzie dissimili de' varj popoli le quali si divisero il romano rustico in dialetti infiniti, e che poi dagli scrittori furono ridotti in più lingue letterarie, fecero sì che ogni parola, benchè derivante dalla medesima origine, non potesse allora essere intesa, fuorchè nel luogo dove ogni dialetto diverso era parlato dal popolo. Quindi le parole medesime che nei libri scritti in latino ecclesiastico e curiale giunsero fino a noi perpetuamente immutabili, erano nel latino rustico e ne' suoi mille dialetti romanzi modificate e moltiplicate nelle varie pronunzie popolari di generazione in generazione; e furono tramandate a noi così travisate che, quand'anche serbano il loro preciso antico significato, non possono raffigurarsi come modificazione di una sola parola, se non da chi sa molte lingue viventi. Infatti un uomo letterato tedesco, che sapesse tutte le lingue antiche e nessuna moderna, potrebbe egli intendere che il *prevete* de' Grigioni, il *prete* degl'Italiani, il *prêtre* de' Francesi, e il *priest* degl'Inglesi sono pure tutte derivazioni direttissime, e serbano l'esatto significato del vocabolo *presbyter*? Ed oggi pur fra l'Italia e la Svizzera, dove alcuni alpigiani parlano un italiano antichissimo, ed altri un dialetto romanzo forse più antico, i pastori di due valli vicine difficilmente s'intendono fra loro senza un interprete.

Vero è che in tutti i tempi in ogni parte della terra le città e le provincie riunite sotto le medesime leggi, o costituite da naturali confini e dal clima in una sola regione, benchè parlino dialetti differentissimi, si formano sempre una lingua comune, composta di quelle parole che, appartenendo a tutti i dialetti di quella contrada, riescono più o meno intelligibili a tutti i suoi abitatori. Ma siffatta lingua rimansi poverissima, incerta e soggetta a rapidissime trasformazioni sino a tanto che non sia ripulita, arricchita e preservata dagli scrittori. La Francia meridionale e settentrionale, la Sicilia e l'Italia non lasciano travedere orma veruna di lingua nazionale per tutti quei secoli, ne' quali quel poco che si scriveva in quelle regioni era scritto barbaramente in latino. I loro mille dialetti popolari s'andavano alterando, e sempre più dividendo e intricando ad un tempo, finchè la poesia cominciò in ciascuna di quelle contrade, verso l'epoca delle Crociate, a giovarsi di tutti que' dialetti, ad evitare ogni frase troppo provinciale e plebea, a nobilitare ogni idiotismo, a ridurre i suoni diversi, con cui ogni parola era proferita e storpiata in diverse città, ad una sola pronunzia uniforme, e così, per mezzo della scrittura e della ortografia, renderla certa e intelligibile a tutti; e allora i dialetti in ciascuna contrada si riunirono sotto la penna degli scrittori a comporre le tre lingue nazionali chiamate nel duodecimo e decimoterzo secolo lingua d'*oc*, lingua d'*oui* e lingua del *sì*.

Strane, come pur certamente devono parere a' dì nostri siffatte denominazioni di queste tre lingue, giovano ad ogni modo ad accertare in che guisa derivarono tutte dalla latina, e come spesso le lingue derivate trovano nelle varie parole della madre lingua i significati necessarj che essa non poteva somministrare. I Romani, quegli imperiosi conquistatori del mondo, arbitrarj ed inesorabili nelle loro decisioni, assoluti e positivi nelle loro risposte, mancavano (chi il crederebbe?) della particella affermativa. Avevano il *no*; ma non avevano vocabolo esclusivamente appropriato a dir *sì*. I loro storici, oratori e poeti, per più eleganza e più forza, esprimevano l'affermazione positiva con due negative. Ma da' loro comici e scrittori di dialoghi appare che nel discorso famigliare avevano ricorso ora al pronome *hoc*, ora ai verbi *ajo* ed *est*, or agli avverbj *maxime*, *utique*, *ita*, *sic*, *imo*, e siffatti; donde anco nel Vangelo di S. Matteo, a significare men vagamente il precetto «le vostre parole sieno schiette; dite sì o no», l'autore, o il traduttore fu costretto a scrivere: «*Sit sermo vester: Est Est, Non Non.*» Diciamo l'autore, perchè noi crediamo che il nuovo Testamento sia stato originalmente scritto in latino, e uno scrittore ci ha recentemente confermati in questa credenza con dottrine e argomenti, che, al nostro parere, non possono esser confutati. Nondimeno la questione di sua natura non ammette termini di conciliazione fra' disputanti; e noi non l'abbiamo toccata se non perchè giova a illustrare il nostro soggetto, e aggiungere prove al fatto singolarissimo della varietà della particella affermativa fra popoli, fra quali le religioni, le colonie e le leggi romane e parecchi secoli di dominio avevano introdotta e stabilita la stessa lingua.

L'*hoc* (questo) prevalse nel mezzodì della Francia, e fu pronunziato e scritto *oc*; e nella Francia settentrionale l'*utique* (di certo) forse dapprima accorciossi in *uti*, come in tutte le lingue avviene ad ogni parola che è perpetuamente usata nel discorso; – poscia per la stessa ragione in *ui*; – e perchè i Romani pronunziavano, com'oggi pur fanno gl'Italiani, la *u* come l'*ou* de Francesi, la parola finì ad essere scritta *oui*. Finalmente il *sic*, (così), perdendo anch'esso una lettera, diventò *sì*, e si perpetuò come voce esclusiva di affermazione de' Siciliani e degl'Italiani: quindi venne il nome alla provincia della Linguadoca; e il verso di Dante:

Del bel paese là dove 'l sì suona

allude all'Italia.

La più celebre delle tre nuove lingue, e che fino dal secolo X era stata la prima a rallegrare di poesia e d'armonia le triste città dell'Europa, e a rammollire i duri costumi e le truci passioni di quella età, celebrando

Le Donne, i Cavalier, gli affanni e gli agi

Che ne invogliava Amore e cortesia,

è lingua oggi affatto perduta; e non che essere intesa, non è quasi più ricordata da' popoli, fra' quali i monarchi e i condottieri d'eserciti de' loro antenati la studiavano e la scrivevano come necessaria a' loro piaceri e alla loro gloria. Invece, la lingua d'*oui* e quella del *sì*, che le cedevano allora la preminenza, illustrarono la Francia e l'Italia; e non periranno, se non quando nuove rivoluzioni, nuove religioni, nuove invasioni di nazioni settentrionali o transatlantiche ricondurranno un altro medio evo in Europa, e l'empiranno di nuove lingue. Già sin dall'epoca che ora consideriamo, i Francesi e gl'Italiani contendevano fra loro per la superiorità della propria lor lingua, benchè fossero allora sorgenti; – e gli uni e gli altri si univano ad esaltarla sopra quella dell'*oc*, che nondimeno continuava ad avere poeti, e mantenere i suoi diritti di primogenita.

I Francesi allegavano ch'essi furono i primi a tradurre in lingua d'*oui* le storie de' Troiani e de' Romani e la Bibbia, e ad inventare le maravigliose favole del re Artù e de' suoi cavalieri, e molte altre narrazioni e dottrine. – Gl'Italiani rispondevano che la lingua del *sì* nelle sue derivazioni aveva meno corrotta la pronunzia e la grammatica del latino; – che aveva minor numero di parole e frasi derivate dalle lingue settentrionali; – e finalmente che da' versi de' Siciliani e degl'Italiani appariva che la lingua del *sì* era la più armoniosa e poetica fra le sue rivali.

Or comunque sia, la nascente lingua del *sì*, nell'acquistar melodia dalla poesia siciliana, traeva vigore e precisione grammaticale dal latino ecclesiastico e curiale, che in Italia fu sempre men barbaro, e segnatamente nelle corti de' papi, dove stranieri concorrevano ad impararlo

Me transtulit Anglia Romam

Tanquam de terris ad cœlum; transtulit ad vos

De tenebris velut ad lucem.[8]

Questo buon Inglese peraltro chiamava la Poesia col nome di Poetria, che in latino significò sempre Poetessa; e però la nuova Arte Poetica, ch'ei compose in versi, gli attirò meno discepoli dei precetti da lui scritti a preservare il vino; e fu sempre poi conosciuto sotto il nome di *Gaufred de vino salvo*. Ma i classici erano più intensi e imitati meno risibilmente anche fra le tenebre della barbarie dagl'Italiani. Un poema elegiaco latino, scritto verso la fine del secolo duodecimo da un autore toscano, contiene, fra gli altri, questi versi:

Sim licet agrestis, tenuique propagine natus,
Non vacat omnimodâ nobilitate genus.

Non præsigne genus, nec clarum nomen avorum,
Sed probitas vera nobilitate viget.

E altrove:

Dum Zephirus flabat, multis sociabar amicis;
Nunc omnes Aquilo, turbine flante, fugat.

Non è latinità classica questa, – ma non è gotica; ed è da considerare che il poeta era nato contadino, e che essendosi educato da sè, doveva aver trovato fuori delle scuole alcuni uomini, da' quali egli potesse raccogliere gusto ed istruzione. E da questi appunto la lingua italiana cominciò ad essere scritta, e gradualmente animata dall'energia, e abbellita della eleganza e della rotondità della latinità classica, di cui non tutti i libri rimasero sotterrati; anzi, alcuni che allora esistevano, oggi si sono smarriti. Ma finanche la barbarie del latino, con che la Teologia, le Leggi e la Dialettica

---

8   Gaufridi (De vino salvo) Poetria nova apud Leiser. Pag. 856.

aristotelica erano insegnate nelle Università, cospirava al progresso della lingua letteraria italiana. Certamente il dizionario, la fraseologia di que' professori sarebbero riesciti enigmatici agli scrittori del secolo d'Augusto: tuttavia le forme esteriori della lingua e le regole grammaticali che guidavano la sintassi di Cicerone non erano molto diverse da quelle, senza le quali il latino non può essere scritto mai. Infatti lo stile cattedratico delle Università del medio evo fu come l'anello intermedio fra il latino puro e l'italiano letterario; perchè le leggi grammaticali del latino, che s'appressava allo stato di lingua morta, rimanevano a governare le nuove forme e i suoni diversi della lingua nascente.

Ora a dimostrare quanto abbiamo di sopra indicato, che anche la lingua francese contribuì in quell'epoca ad arricchire l'italiana, bisognerebbe la esposizione di fatti che per la loro oscurità esigerebbero di essere circostanziati più che non è conceduto ai limiti d'un'opera periodica. Infatti, oltre alla comune origine del latino rustico, le due lingue avevano contratto strettissima affinità sino dal secolo ottavo, dopo che per le conquiste di Carlo Magno l'Italia fu lungamente dominata da principi ed eserciti francesi; e se la dinastia de' Longobardi avesse continuato a regnare d'allora in qua, forse che gl'Italiani oggi avrebbero una lingua d'indole alquanto diversa. Certo è ad ogni modo che, mentre gli scrittori siciliani e toscani cominciavano a dar carattere proprio e nazionale alla lingua, e la sua sintassi si ordinava naturalmente sulle leggi certissime del latino, molta nuova ricchezza di parole, d'idee e di stile le veniva dalla Francia. I più antichi libri italiani sono traduzioni delle storie del re Artù, e delle imprese dei cavalieri erranti. I primi crociati che ritornarono in Europa furono francesi, e portarono nozioni di oggetti, di arti e di mille cose ignote a' Cristiani, e per cui bisognavano nuove parole create primamente in Francia, e trapassate rapidamente in Italia. La poesia de' trovatori, la vita cavalleresca, il lusso delle corti de' principi e le corti d'amore in Francia avevano diffuso una qualche eleganza di sentire, di pensare e di scrivere fra gl'Italiani. Finalmente pare anche che le scienze diverse dalla Teologia, dalla Giurisprudenza e dalla Medicina potessero allora meglio spiegarsi in francese; e Brunetto Latini, fiorentino, come abbiamo già notato, scrisse la maggiore delle sue opere intitolata il *Tesoro* in lingua francese, perchè, dic'egli nella prefazione, «è la più dilettevole e più universale che tutti gli altri linguaggi.» Nondimeno l'originale di quest'opera rimase inedito sempre; ma due traduzioni italiane, eseguite da' contemporanei dell'autore, accrebbero le idee, i vocaboli, i modi di dire della lingua; e pare che una di esse fosse tenuta in gran pregio per più di due secoli, poichè al primo introdursi dell'arte tipografica fu pubblicata in Italia.

Tuttavia le cagioni enumerate sin qui, che cospirarono simultanee e potenti a creare la lingua, non avrebbero operato sì prospere, nè con tanta celerità, se l'imperatore Federigo II non avesse regnato in Italia. Nel corso di 400 anni che s'interpongono fra questo principe e Carlo Magno, la Storia non lascia vedere alcun monarca, se non forse Ottone I, il quale potesse liberare il genere umano europeo dalla ignoranza in cui stava ravvolto; e intanto Gregorio VII lo sottomise a' ciechi demonj della superstizione e del fanatismo. Carlo Magno fu certamente maggiore; ma fu anche più fortunato, perchè ebbe sua federata e serva e mercenaria la Chiesa quando era ancora poverissima e debole; e fin d'allora, per non sottostare ai re italiani, che, quantunque di origine longobarda, erano nati per varie generazioni in Italia, i papi cominciarono ad incitare e santificare le invasioni straniere.

Federigo II aspirava a riunire l'Italia sotto un solo principe, una sola forma di governo e una sola lingua; e tramandarla a' suoi successori potentissima fra le monarchie d'Europa; nè dopo l'emigrazione di Costantino e della sede imperiale sull'Ellesponto i tempi erano sembrati mai sì opportuni, se Federigo non avesse dovuto perpetuamente combattere contro i papi, allora più onnipotenti che mai, quando la loro scomunica bastava a giustificare la ribellione, il regicidio e il parricidio, ed imponeva ad ogni uomo di avventarsi contro i monarchi profughi ed esuli ne' loro stessi dominj. Gli ecclesiastici allora che, quasi gli unici arbitri delle reliquie della letteratura e delle credulità del genere umano, continuavano ad esaltare Carlo Magno e le bolle de' papi, appunto al tempo di Federigo dichiaravano che le favole di Turpino, donde il Bojardo e l'Ariosto trassero poscia i loro racconti, erano storie autentiche e vere.

E intanto papi, cardinali, vescovi e preti e monaci e frati incominciavano, nè fino ad oggi hanno cessato, ad esporre alla esecrazione de' popoli il nome di Federigo II colla taccia, che era – ed oggi è pur tuttavia – facile ed efficacissima, d'ateismo. Quindi non v'è storico italiano che d'allora in poi, o per sincera aderenza alla Chiesa, o per terrore del Santo Ufficio, non abbia più o meno o dissimulato i meriti, o malignato il carattere, o insultato alle calamità di quel monarca e de' suoi figli e de' suoi nipoti: ad uno di essi fu mozzato il capo dal carnefice, e il cadavere dell'altro fu disotterrato, e le sue ossa disperse.

Ma finchè Federigo e i suoi figli vissero, nè le guerre perpetue, nè le domestiche sciagure li distolsero mai dal favorire e coltivare le lettere; e se non avessero lungamente risieduto in Sicilia, la lingua italiana o non avrebbe ricavato ajuto veruno dal coltissimo dialetto di quell'isola, o più scarsamente e più tardi. Il palazzo di Federigo e di Manfredi era l'ospizio de' poeti; e i cortigiani, che gareggiavano co' loro principi a compor versi, erano a un tempo oratori, uomini di stato e guerrieri, generosissimi d'animo ed eleganti ne' loro costumi. La galanteria cavalleresca esaltava il cuore delle donne, destava le loro grazie e raffinava la loro educazione. Talune emulavano d'ingegno i loro amanti, ed una di esse li superò. Nina siciliana era la Saffo d'Italia, e non infelice, perchè le sue poesie forzavano ad amarla anche i cavalieri che non l'avevano mai veduta; ma non pare che ella per amore volesse concedere altro che canzonette. – Tuttavia le poesie migliori del dialetto siciliano, e men lontane dall'italiano de' nostri tempi, appartengono a Pietro delle Vigne nato a Capua, e che pareva uno di quegli uomini creati dalla natura per illustrare ogni lingua, ogni scienza a cui si applicano, e ad onorare qualunque epoca e tempo in cui vivono. I suoi scritti latini, malgrado l'ineleganza della lingua, hanno l'evidenza, il fuoco e la profondità di stile che appartiene sempre esclusivamente al genio. La sua eloquenza riesciva a persuadere alla fedeltà le città intere, che sovente, incitate da' missionari e dalle omelie de' papi, correvano a furia di popolo per rovesciare il trono dell'imperatore; – e Federigo confessava che, mentre i suoi vasti dominj, la possanza e la fede degli amici suoi, il denaro e gli eserciti gli riescivano inefficaci, la sola penna di Pietro delle Vigne era bastante a difenderlo contro i papi. – Pietro si educò da giovinetto nella università di Bologna, accattando limosine ogni notte su per le vie per potere studiare; nè egli s'affliggeva di sì misera condizione, se non perchè ei non poteva ancor liberare la sua madre dal pericolo di morir d'inedia.[9] Ma il suo genio splendeva anco fra l'oscurità dell'indigenza, – e Federigo, al primo vederlo e udirlo parlare, lo raccolse nella sua corte, e non molto dopo lo creò suo cancelliere.

Fra le opere scritte dal ministro e dal principe, quelle di Pietro sono ancor lette per la luce che spargono sulla storia e la diplomazia di quel secolo; – e fra quelle di Federigo, spetta al risorgimento ed a' progressi delle scienze un trattato ch'ei lasciò non finito, e che fu supplito da Manfredi suo figlio: fu il primo libro che dopo la rovina dell'antica letteratura fu scritto sulle varie specie e nature degli uccelli. Egli fu il solo sovrano che sia mai stato il più dotto di tutti i suoi sudditi. Scriveva il romanzo siciliano, i dialetti di Francia, il latino e il tedesco; e sapea l'arabo e il greco. Fece tradurre l'opere scientifiche degli antichi, fondò scuole e accademie, e ristorò università che decadevano, e ne creò delle nuove che emulavano le antiche. Ma tutte le sue istituzioni a promuovere la letteratura erano abbominate, come derivanti da un principe eretico.

Il famoso libro *De tribus Impostoribus* fu attribuito a Federigo sin anche dal buon Matteo Paris, che era il men credulo fra gli storici, e il più imparziale fra i monaci di quell'età. Or chi

---

9 Petri de Vineis epist. 38; apud Martene, Veter. Scriptorum vol. 2.

crederebbe che quel libro tante volte citato, attribuito a tanti individui in paesi ed epoche differenti, fu dagli scrittori più versati negli annali bibliografici riconosciuto per una chimera?[10] Ma o non si avvidero, o come è più probabile, non osavano dire, che esso era come la Chimera della mitologia, scatenata contro gli eroi, che i loro nemici volevano uccidere a tradimento.

Nè davvero era mostro diverso il libro *De tribus Impostoribus*, ogni qual volta i preti cattolici volevano dare un uomo letterato in preda a' carnefici di S. Domenico, che ancora oggi presiedono al Santo Uffizio della Santa Inquisizione. Tommaso Campanella, benchè non troppo forse convinto de' dogmi della Chiesa Romana, nondimeno difese la Religione contro l'ateismo – ma perchè egli scrisse più da filosofo che da teologo, fu accusato e torturato a morte nelle carceri della Inquisizione per fargli confessare ch'egli aveva scritto appunto quel libro che la Chiesa aveva attribuito quattrocento anni addietro all'imperator Federigo ed al suo cancelliere. – Così inseguito per tutta l'Europa dalle miriadi di preti, monaci e frati che predicavano contro di lui, assalito fino nel suo santuario domestico e minacciato da' fulmini della scomunica fino sopra il suo letto matrimoniale, Federigo continuava a promuovere la civiltà degl'Italiani. Invano, a placare i papi, attenne la promessa che essi avevano estorta da lui, e lasciò i suoi Stati per la guerra delle Crociate, con la quale essi si erano costituiti dittatori degli eserciti di tutta l'Europa: arrivò in Gerusalemme; e appena entrato nel tempio, una nuova scomunica lo colse sopra il sepolcro di Cristo.[11]

Or non si creda che noi ricorriamo ad escursioni storiche per l'unico fine di divertir noi e i nostri lettori dalle aride disquisizioni grammaticali, indispensabili nelle indagini delle lingue; – perchè nè la storia de' popoli può conoscersi se non per mezzo della loro lingua, nè lingua veruna si lascia mai rintracciare se non per mezzo della storia. Se nel notomizzare la proprietà, la derivazione e i varj significati antichi e nuovi, de' quali coll'andar del tempo s'impregnano le parole di tutte le lingue, i grammatici, gli etimologisti e gli antiquarj avessero adottato il nostro metodo di applicare gli avvenimenti politici agli annali della letteratura, forse che essi avrebbero disputato meno, e si sarebbero intesi più facilmente; seppure è da credere che siffatte specie di dotti bramino piuttosto d'intendersi che di disputare.

Finchè il regno ed il secolo dell'imperatore Federigo non avranno uno storico letterato insieme e filosofo, lo scoppio quasi subitaneo de' lumi, e la loro rapidissima diffusione in Italia e nel rimanente d'Europa si rimarranno fenomeni[12]. Ma al proposito nostro basterà lo spiegare come avvenisse che la letteratura e la lingua fossero sì felicemente promosse da un principe perpetuamente impedito da quelli, che per mezzo della superstizione e della ignoranza governavano le opinioni e i cuori della universalità delle nazioni. I creduli e i ciechi erano allora innumerabili; e quei che sotto il nome di Guelfi parteggiavano in favore de' papi erano per lo più uomini, a' quali il traffico aveva procurato ricchezze, con le quali s'erano fatti demagoghi potenti nelle loro respettive città. Ma pochissimi tra siffatti uomini attendevano alle lettere; mentre i Ghibellini, che sosteneano i diritti degl'imperatori, erano nobili per nascita, aristocratici per sentimento e per sistema, avvezzi sin dall'infanzia a una educazione liberale; – e siffatti individui, quando attendono alle lettere, le propagano prestamente fra' loro concittadini.

Anzi il favore che la poesia godeva alla corte di Federigo era in quei tempi nell'opinione di molti scrittori guelfi una prova evidente della dissolutezza de' costumi e dell'empietà di Federigo e del suo cancelliere; chè Pietro, come il suo signore, componeva canzoni. E Federigo doveva essere un principe veramente magnanimo, perchè, essendo poeta egli stesso, si compiaceva di confessare

---

10   V. De Monnoye, *Dissertation printed With the Menagiana*.

11   Muratori, *Ann.* 1229, 1245.

12   Volesse Dio che queste parole, quasi uscenti dal sepolcro dell'illustre amico, potessero giungere alle orecchie di Giovan Battista Niccolini, e avessero tanta forza da indurlo finalmente a pubblicare la sua *Storia della Casa di Svevia*! Sarebbe un conforto alla misera Italia in tante sventure.

che i versi del suo ministro erano migliori de' suoi. Federigo, nondimeno, e suo figlio Enzo, considerata l'infanzia della lingua, destano qui e là ne' loro versi grandissima ammirazione.

Nel seguente squarcio, tratto dalle reliquie delle poesie di Federigo scritte nella lingua romanza siciliana, noi troviamo il fondo dell'italiano che si scrive a' dì nostri. Basterebbe alterare leggermente la ortografia siciliana, e invece di *aggio* e *partiraggio* scrivere *ho* e *partirò*, e togliere le traccie di barbara latinità, *eo* invece di *ego* e *meo* invece di *meus*, e farne *io* e *mio*; queste ed altre poche alterazioni varrebbero a far credere ad ogni lettore non profondamente versato nella lingua, che la stanza ch'io recito appartenga ad autore moderno:

Poichè ti piace, Amore,

Ch'eo deggia trovare,

Farò omne mia possanza

Ch'eo venga a compimento.

Dato aggio lo meo core

In voi, Madonna, amare,

E tutta mia speranza

In vostro piacimento.

E non mi partiraggio

Da voi, Donna valente,

Ch'eo v'amo dolcemente;

E piace a voi ch'eo aggia intendimento.

Valimento mi date, Donna fina,

Chè lo meo core ad esso a voi s'inchina.

Di suo figlio Enzo riportiamo semplicemente i seguenti versi di merito pari, se non superiori a quelli del padre:

Ecco pena dogliosa

Che nello cor m'abbonda

E spande per li membri,

Sì che a ciascun ne vien soverchia parte.

Giorno non ho di posa

Come nel mare l'onda:

Core, che non ti smembri?

Esci di pene, e dal corpo ti parte:

Ch'assai val meglio un'ora

Morir, che ognor penare!

L'impresa, che noi riguardiamo quasi più che umana, di creare una nuova lingua letteraria fu avanzata e consumata da Dante; ma riescirà meno maravigliosa per chi considera che non fu incominciata da lui, ma che egli fu incoraggiato in sì difficile via da' poeti che lo precedettero. Pietro delle Vigne fu certamente il primo, se non il maggiore, cent'anni innanzi Dante, e in un'epoca in cui gl'Italiani parlavano un gergo latino mutilato nelle sue terminazioni, e imbarbarito da parole e frasi e pronunzie introdotte da' popoli del Nord. Il gusto corretto, l'orecchio musicale di Pietro lo ajutarono a trascegliere le più schiette parole, a legarle con frasi eleganti e a collegarle nella misura de' versi in maniera che fossero proferite con rotondità e melodia. Così ne' versi seguenti non v'è un unico sgrammaticamento di sintassi, nè un modo di esprimersi inelegante, nè un solo vocabolo che possa parere troppo antico:

Non dico che alla vostra gran bellezza

Orgoglio non convenga e stiale bene;

Chè a bella donna orgoglio si convene,

Che la mantene – in pregio ed in grandezza:

Troppa alterezza – è quella che sconvene.

Di grande orgoglio mai ben non avvene.

E la seguente strofa d'un'altra delle sue Canzoni, a nostro avviso, vuolsi reputare una delle più vaghe gemme della poesia anteriore a Dante:

Oh, potess'io venire a vo', amorosa,

Come 'l ladrone ascoso, e non paresse!

Ben mi terria in gioia avventurosa,

Se Amor di tanto bene mi facesse.

I' ben parlante, Donna, con voi fora,

E direi come v'ami dolcemente

Più che Piramo Tisbe; e lungamente

I' v'ameraggio, in sin ch'io viva, ancora.

Pietro delle Vigne ha inoltre il merito di avere inventati molti nuovi metri di canzoni e stanze diverse da quelle usate da' Provenzali, e particolarmente la breve composizione conosciuta in tutta l'Europa con la denominazione di Sonetto. – Ogni lettore di Dante sa che Pietro morì di suicidio; ma non v'è storico, o dotto uomo italiano o straniero, che abbia mai potuto rintracciare la cagione della tragica morte di quest'uomo straordinario: – e quel più che sappiamo, oltre quello che ne disse Dante, è brevemente accennato da Matteo Paris, storico inglese che morì uno o due anni dopo Pietro delle Vigne; e che, contemporaneo, meriterebbe fede, se il suo amore per la verità non fosse stato vinto da' pregiudizj monastici sull'ateismo di Pietro. Però dalle romanzesche circostanze, e dalle soprannaturali cagioni assegnate alla morte di Pietro delle Vigne dagli antichi scrittori, l'unica verità che si può accertare, è che, avendo egli perduto il favore di Federigo, fu condannato a perdere gli occhi, e ad una perpetua prigione, ove egli si uccise da sè. Dante nel suo viaggio all'Inferno entra in una foresta dove le anime de' suicidi erano condannate a star rinchiuse in alberi di trista apparenza:

    Non era ancor di là Nesso arrivato,
Quando noi ci mettemmo per un bosco,
Che da nessun sentiero era segnato.

    Non frondi verdi, ma di color fosco;
Non rami schietti, ma nodosi e 'nvolti;
Non pomi v'eran, ma stecchi con tosco.
. . . .

    Io sentia d'ogni parte tragger guai,
E non vedea persona che 'l facesse
Perch'io tutto smarrito m'arrestai.
. . . .

    Allor porsi la mano un poco avante,
E colsi un ramoscel da un gran pruno:
E 'l tronco suo gridò: perchè mi schiante?

Dacchè fatto fu poi di sangue bruno,
Rincominciò a gridar: perchè mi scerpi?
Non hai tu spirto di pietade alcuno?

Uomini fummo, ed or sem fatti sterpi
Ben dovrebb'esser la tua man più pia,
Se state fossimo anime di serpi.

Come d'un stizzo verde, ch'arso sia
Dall'un de' capi, che dall'altro geme,
E cigola per vento che va via;

Così di quella scheggia usciva insieme
Parole e sangue; ond'io lasciai la cima
Cadere, e stetti come l'uom che teme.

E lo Spirito ripiglia a parlare:

. . . .

Io son colui che tenni ambo le chiavi
Del cor di Federigo, e che le volsi,
Serrando e disserrando, sì soavi,

Che dal segreto suo quasi ogni uom tolsi:
Fede portai al glorïoso ufizio,
Tanto ch'io ne perdei le vene e' polsi.

La meretrice, che mai dall'ospizio
Di Cesare non torse gli occhi putti,
Morte comune e delle corti vizio,

Infiammò contra me gli animi tutti;
E gl'infiammati infiammar sì Augusto,
Che i lieti onor tornaro in tristi lutti.

L'animo mio per disdegnoso gusto,
Credendo col morir fuggir disdegno,
Ingiusto fece me contra me giusto.

Per le nuove radici d'esto legno
Vi giuro, che giammai non ruppi fede
Al mio Signor, che fu d'onor sì degno.

E se di voi alcun nel mondo riede,
Conforti la memoria mia, che giace
Ancor del colpo che invidia le diede.

Dante, oltre a' poeti della corte di Federigo, ne nomina parecchi di Lombardia, di Romagna e di Toscana, fra' quali i più celebri furono tre che ebbero nome Guido.

Il primo di essi nacque a Bologna della casa patrizia de' Guinicelli; ed è di lui che Dante dice:

. . . . udii nomar sè stesso, il padre
Mio, e degli altri miei maggior, che mai
Rime d'amore usar dolci e leggiadre:

E, senza udire e dir, pensoso andai
Lunga fïata rimirando lui,
Nè per lo foco in là più m'appressai.

Poichè di riguardar pasciuto fui,
Tutto m'offersi pronto al suo servigio
Con l'affermar che fa credere altrui.

E adducendogli la cagione per cui lo riguarda con tanto affetto, dice che ne sono motivo:

. . . . i dolci detti vostri,
Che quanto durerà l'uso moderno,
Faranno cari ancora i loro inchiostri.

Tal lode non è giustificata da' frammenti che gli antiquarj attribuiscono a questo Guido; e o non sono veramente suoi, o sono i peggiori di quanto scrisse; e la miglior parte del suo ingegno perì con tanti altri scritti, de' quali più non vive che la memoria.

Il secondo Guido era d'Arezzo. Molti lo confondono con un altro Guido inventore del contrappunto, il quale era pur d'Arezzo, ma visse assai tempo prima. Di Guido poeta i versi che restano sarebbero meravigliosi per quella età; – non tanto per le idee, quanto per lo stile, che spesso pareggia quello del Petrarca: ma confesso che io credo le poesie di Guido d'Arezzo spiritose invenzioni di qualche bell'ingegno dell'epoca di Leone X, dacchè i manoscritti in cui si trovano mancano egualmente di ogni prova di autenticità e d'antichità. Vero è che io così m'oppongo al consenso universale di tutta Italia; ma gl'Italiani, quanto più sentono la loro presente miseria, tanto più si studiano di aggrandire le loro glorie passate. E non credono poca lode nazionale il poter dimostrare, nelle poesie attribuite a Guido d'Arezzo, un modello di lingua letteraria perfetta sei secoli fa, quando le altre nazioni d'Europa non sapevano scrivere. E i letterati stranieri spesse volte, per vanità d'erudizione di cose che destano maraviglia, si fanno complici di siffatte pie imposture, e citano manoscritti simili a quelli di Guido, senza o potere, o voler dubitare della loro autenticità.

Il terzo Guido fu uno degli antenati della famiglia Ghisilieri, la quale ha posteri viventi oggi in Bologna; e benchè il poco che ne resta di lui non sia di un merito straordinario, egli era da' suoi contemporanei citato come superiore a quanti poeti lo avevano preceduto.

Ma l'uomo che dalla natura fu creato superiore a' suoi contemporanei, e che in tutti i secoli e in tutte le età sarebbe stato uomo preminente, fu un quarto Guido, il Cavalcanti. Siccome però egli fiorì alquanto posteriormente, così ci riserbiamo a parlarne nel seguente Discorso.

DISCORSO TERZO

EPOCA TERZA

DALL'ANNO 1280 AL 1330

Qui cessa del tutto ogni predominio di dialetto provenzale, lombardo e siciliano, e vi prevale bella di originalità e di vigore la letteratura e la lingua, che, diffondendosi a un tratto da tutta l'Italia, rinnovellò la civiltà del genere umano europeo. Questa età andrebbe propriamente chiamata de' Poeti Toscani, quantunque pur molti fossero d'altre provincie; nè forse un giusto volume basterebbe a parlare debitamente di tutti. Se non che, oltre alla ragione de' nostri limiti, il nostro proposito dichiarato sin dal primo di questi Discorsi impone a noi di non nominare, se non que' pochissimi che come luminosi pianeti sono stati preceduti da minori satelliti. Pure, comecchè avessero meriti letterarj assai disuguali tra loro, si somigliano quasi tutti nel loro comune carattere, d'anime non per anche domate dalla servitù dell'Italia. Sentivano fortemente, scrivevano per le loro innamorate e combattevano per la loro fazione; amministravano le leggi e i governi delle loro città; e offrirono lo spettacolo di cittadini, guerrieri ed autori, qualità che, pur troppo! gli Italiani poscia non videro unite ne' lor letterati se non assai raramente. Pur nondimeno nella storia letteraria d'Italia quest'epoca fu confusa con la seguente, differentissima in tutto, perchè nuove vicissitudini cangiarono le condizioni politiche ed i costumi e i caratteri della seguente generazione. Il Tiraboschi cadendo, parte volontariamente e parte per necessità, in questo errore, contribuì più ch'altri a perpetuarlo. L'opera sua è oggimai fatta più popolare delle altre, e può meritamente chiamarsi l'archivio ordinato de' fatti, delle date e dei nomi de' libri e de' documenti letterarj di molti secoli. Bensì con quali e quante precauzioni meriti ad un tempo d'esser consultata quell'opera e le altre su lo stesso soggetto, è noto a chiunque sa che la verità non può essere non che scritta, ma neppure pensata dove la stampa è in ceppi. Tutti i critici appartenevano a un'accademia, a una città rivale delle altre; e per lo più a una congregazione di frati. Il Tiraboschi era Gesuita, e non poteva guardare molto addentro in una età nella quale predomina il genio di Dante, poeta di nome terribile e di mente implacabile contro la Chiesa Romana.

Nel 1280, col quale principia questa terza delle nostre epoche, Dante aveva quindici anni; e la sua fama crebbe in guisa ch'oggi non v'è forse angolo di terra civilizzata dove non sia conosciuto. Il suo poema viene esaltato anche dagl'infiniti che non lo leggono, e da moltissimi che non possono intenderlo. Ei fu quindi tenuto più che uomo mortale; e una specie di religione per lui fa vedere meriti, i quali, esagerando la verità, impediscono il frutto che la Storia può ricavare dalle osservazioni degl'individui straordinarj della nostra specie. Un letterato Inglese, stando a lunga dimora in Toscana, leggendo infaticabilmente e visitando archivj e pubbliche librerie, compose la prima parte d'un suo nuovo commento pubblicato da poco in qua; e trovò che Dante scrisse uno de' più graziosi fra' suoi Sonetti quand'egli aveva appena nove anni d'età. Il dottissimo commentatore frantese un passo dell'autore dove racconta in piane parole, che quando vide Beatrice per la prima volta, era nel nono anno dell'età sua, e dopo altri nove anni compose il suo primo Sonetto per lei: vedi la narrazione di Dante nel libro notato qui a piedi[13]. Era da aspettarsi che l'instancabile raccoglitore delle *Curiosità letterarie* nell'ultima serie correggesse lo sbaglio. Ma lo ripete; e citando le meraviglie del dotto commentatore, vi aggiunge del suo, che il Sonetto era sconosciuto fino a' dì nostri. – «The tender Sonnet free from obscurity, which he composed for Beatrice, is preserved. – There can be no longer any doubt of the story of Beatrice, but the Sonnet and the

---

13   *Vita Nuova*, fra le opere di Dante vol. V, pagine 6-9; edizione Zatta, Venezia, 1760.

passion must be classed among curious natural phenomena.[14]» Pur se ogni volta si cercasse d'avverare la realtà schietta de' fatti, appena uno di mille fenomeni letterarj mancherebbe di spiegazioni naturalissime e giornaliere. Il vero si è, che il meravigliarsi è uno de' bisogni dell'uomo; e però il procurare che gli altri si meraviglino è un espediente che riesce egregiamente a comporre volumi piacevoli, dando novità a cose vecchie, e apparenza di aneddoti secreti e appena scoperti a storie pubbliche per chiunque vuol leggerle. L'esistenza di Beatrice e del sonetto e dell'amore che lo produsse, sono circostanze notissime da cinque secoli e più, e registrate puntualmente da Dante nel suo romanzetto intitolato la VITA NUOVA.

Certo il suo primo sonetto fu scritto quand'aveva diciotto anni; e considerando non tanto l'età sua, ma lo stato della lingua e della poesia nel suo secolo, pare saggio bellissimo per sè stesso. Se non che non fu mai nè ammirata quanto pur merita, nè studiata attentamente l'operetta della *Vita Nuova*; e non pertanto palesa l'anima dell'autore, e la prima concezione del suo grande poema[15], e l'impulso e il progresso dato in un subito non solo alla poesia, ma, quel che è più difficile in tutte le lingue, alla prosa italiana. Dante cominciò a fondare non solo gli esempj, ma anche le grandi teorie dalle quali vennero poi tutte le regole, e sono le vere, suggerite dalla pratica di tutti gli scrittori in ogni specie di composizione sino a' dì nostri. E malgrado le dispute d'accademie grammaticali e di scuole, e i precetti infiniti di neologisti e cruscanti, la lingua italiana, finchè non cesserà d'essere scritta, si governerà perpetuamente co' principj luminosi e sicuri che Dante ricavò dalla natura d'ogni lingua, e dal carattere di quella ch'egli perfezionava.

I due compagni ch'ebbe in quella impresa furono Brunetto Latini suo precettore, e Guido Cavalcanti suo *primo amico*, com'ei sempre lo nomina; e l'antepone nel merito a tutti i suoi contemporanei. Da Brunetto Latini Dante e gli altri Fiorentini desunsero la prima educazione letteraria. Vero è che Brunetto, per le ragioni già da noi assegnate, scrisse le opere sue maggiori in Francese; e a ciò fors'anche contribuì l'aver egli vissuto in Francia molta parte dell'età sua, bandito da una delle fazioni politiche di Firenze. Parimente anche quel poco ch'ei scrisse di poesia italiana merita appena d'essere ricordato. Ma l'arte e l'abitudine di esprimere chiaramente le idee, ed ordinarle logicamente e con la proporzione richiesta dalla composizione; e il secreto ancora più difficile di connettere le parole con armonia ed eleganza, e supplire alla povertà della lingua nobilitando i vocaboli e le frasi del popolo, furono insegnati alla gioventù fiorentina da Brunetto Latini. Fu anche secretario della Repubblica, appunto per l'abilità sua di scrivere, e gli storici lo chiamano comunemente IL BUON DETTATORE. Morì verso il 1295, quando Dante aveva già compiuto la *Vita Nuova*; e gliela mandò co' versi seguenti:

    Messer Brunetto, questa pulzelletta
Con esso voi si vien la pasqua a fare;
Non intendete pasqua da mangiare,
Ch'ella non mangia, anzi vuol esser letta.

    La sua sentenza non richiede fretta,
Nè luogo di romor, nè da giullare;

---

14   D'Israely, *Curiosities of literature*, vol. VI, pag. 291. - Ed ecco la traduzione italiana di questo tratto: «Il tenero Sonetto esente da ogni oscurità, il quale egli compose per Beatrice, ci è stato conservato. Circa al fatto di Beatrice non può cadere alcun dubbio, ma il Sonetto e la passione debbono essere classati nel novero de' curiosi fenomeni naturali.»
15   Loco cit., pag. 64.

Anzi si vuol più volte lusingare,
Prima che in intelletto altrui si metta.

      Se voi non la intendete in questa guisa,
In vostra gente ha molti frati Alberti,
D'intender ciò ch'è porto loro in mano.

      Con lor vi restringete senza risa;
E se gli altri de' dubbj non son certi,
Ricorrete alla fine a messer Giano.

Di Guido Cavalcanti non resta fuorchè una breve raccolta di versi quasi tutti amatorj, e un gran nome, appena secondo a quello di Dante. L'amore delle sue poesie è spesso più platonico di quello del Petrarca, e non è dir poco; ma talvolta anche sentono la giovialità non molto vereconda d'Anacreonte; e quest'ultimo carattere è del tutto invisibile negli altri poeti di quell'età. Il suo stile è men amabile in sì fatto genere di composizione che quello di Dante: l'uno e l'altro cedono di molto nella soavità a Cino da Pistoja loro coetaneo. Ma le concezioni di Guido sono profonde; la lingua è ricca: ei distinguesi sovra gli altri tutti nell'andamento del suo fraseggiare, e nei numeri della sua verseggiatura, perchè il suo stile spira una fierezza originale, derivante tutta dalla tempra straordinaria dell'anima sua. Era uno di que' pochi individui che costringono gli altri uomini ad ammirarli, e tramandare la loro memoria alla posterità senza alcun'opera che giustifichi l'ammirazione. Bayle nel suo Dizionario ne ha parlato più esattamente degl'Italiani; e fra le cose sfuggite anche a quel sommo critico, noi non suppliremo se non a quelle poche che sono connesse al nostro soggetto, e degne d'esser ricordate a togliere una o due importanti lacune.

L'anno in cui Guido Cavalcanti morì fu sorgente di molte liti, e deluse le indagini anche d'un suo discendente, il quale pubblicò non è molto le poesie e una nuova biografia del suo illustre antenato[16]. Ma niuno s'accorse d'un passo d'antico storico ed uomo di Stato, il quale inoltre scriveva negli Archivj della Repubblica Fiorentina. Ei narra che Guido morì nell'anno 1301 in esilio, poco dopo che Dante, nella sua magistratura, operò che per la quiete della città fossero confinati i capi de' Guelfi e de' Ghibellini; e fra questi ultimi era Guido[17]. Tuttavia se Dante non viveva fino d'allora Ghibellino coperto, era pur sempre amico caldissimo e aperto di Guido; e l'avere tentato di farlo ripatriare, perchè s'ammalò mortalmente per la malaria del paese ov'era confinato, fu l'uno dei gravi delitti pe' quali anche a Dante toccò poi d'errare calunniato, ramingo, mendico e inseguito con tre sentenze di pena capitale; e non trovare sepolcro che fuori della sua patria. Ma i sacrifizj fatti dall'amico suo non giovarono a Guido, che già consunto dall'infermità si moriva o innanzi di ritornare in Firenze, o subito dopo ch'ei la rivide. Pare che questi siano gli ultimi versi scritti da lui:

      Perch'io non spero di tornar giammai,
Ballatetta, in Toscana,

---

16   *Rime di Guido Cavalcanti*, ecc., per opera di Antonio Cicciaporci; Firenze, 1813.
17   Leonardo Bruni, *Vita di Dante*.

Va tu leggiera e piana,
Dritta alla donna mia.

Tu senti, Ballatetta, che la morte
Mi stringe sì, che vita m'abbandona;
E senti come 'l cor si sbatte forte
Per quel che ciascun spirito ragiona:
Tant'è distrutta già la mia persona,
Ch'io non posso soffrire:
Se tu mi vuoi servire,
Mena l'anima teco,
Molto di ciò ti preco,
Quando uscirà del core.

Non poca parte della gran fama che sopravvisse sulla tomba di Guido derivò senza dubbio dalla sua amicizia con Dante, e dalla menzione che questo poeta ne fa con amore insieme e riverenza. Pur vi cospirarono alcune altre di quelle cagioni, che assegnano talvolta agli uomini una celebrità non corrispondente alla loro vita. La famiglia di Guido, vero o falso che fosse, traeva l'origine da guerrieri venuti in Italia quando Carlo Magno ne cacciò i re longobardi. Era capo di fazione, fiero d'animo e imperterrito ad affrontare i suoi nemici con l'armi[18]. Era eloquentissimo nelle assemblee popolari. Suo padre, per le sue speculazioni metafisiche sopra i principj d'Aristotile, com'erano commentati dagli Arabi e tradotti in latino, aveva negato arditamente l'immortalità dell'anima[19]; e fu creduto che Guido, sospingendo la filosofia più oltre che il padre suo, avesse studiato a provare che Dio non esisteva[20]. In ogni tempo e paese, ma più assai in un secolo superstizioso e in una repubblica popolare, tutte queste cagioni riunite bastano ad attirare l'attenzione degli uomini, a farli parlare in bene o in male intorno ad un individuo, a scrivere d'esso il vero e non vero, a ridurre ogni cosa alla meraviglia e tramandare alla posterità un carattere più straordinario che forse realmente non era. Così, anche due secoli dopo la sua morte, Guido fu descritto ornato d'ogni grande qualità di cuore e di mente, e fin anche dell'esterno della bellezza, da molti suoi concittadini, ma più eloquentemente da Lorenzo de' Medici[21]; il quale trovò anch'esso storici insieme e panegiristi, superati tutti dal celebre Roscoe.

Se non si fosse smarrito il trattato che Guido Cavalcanti compose su la lingua italiana, avremmo oggi un documento attissimo a lasciarci stimare le sue facoltà intellettuali. Le sue teorie, qualunque si fossero, sarebbero ad ogni modo meno inutili alla letteratura che non furono e saranno mai le speculazioni teologiche, e peggio quelle che a lui sono attribuite. Tuttavia, l'accingersi a dar leggi e metodo e norme future a una lingua nascente, e in secolo di ignoranza universale, e prima che Dante scrivesse (perchè Guido nacque molti anni innanzi); certo l'accingersi e il solo pensare a siffatta impresa, basta a darci un'idea della facoltà della mente di Guido. Dante in seguito adempì ciò che l'amico suo non aveva forse che adombrato; ma dopo un intervallo di venti a venticinque anni, e allorchè la civiltà aveva fatti progressi rapidissimi. La nazione usciva dallo stato di barbarie,

---

18   Dino Compagni, Cronica, lib. I, pag. 19, ediz. 1728.

19   Boccaccio, *Decamerone*, Giornata IV, Novella IX. - Dante, *Inferno*, canto X.

20   Boccaccio, *Prose* e *Commento a Dante*, pag. 335, edizione 1723.

21   Presso Apostolo Zeno, *Note al Fontanini*, vol. II, pag. 3; e il Cicciaporci, vedi il luogo estratto dell'elogio di Guido scritto da Lorenzo de' Medici.

e gl'individui erano fieri di passioni, ardenti d'immaginazione, ambiziosi di gloria e non ancora ammolliti dal lusso a temere i pericoli, nè ammaestrati dall'esperienza a godere della realtà e a non andare dietro a illusioni. Quando Dante scrivea la *Vita Nuova*, Guido probabilmente aveva composto i suoi precetti grammaticali; e molti altri con minor genio, ma con eguale perseveranza, sorgevano autori nella loro lingua materna, e specialmente in Firenze. Il volume intitolato *Documenti d'Amore di Francesco da Barberino* fu scritto parte in prosa e parte in versi, appunto come la *Vita Nuova*, contemporaneamente, o prima di questa. I versi di Francesco sono meschini; ma il resto è pieno di grazie semplici, e d'amabilità di stile. Marco Polo aveva già viaggiato e poi guerreggiato per la sua patria; e, fatto prigioniero da' Genovesi, componeva in prigione la storia de' suoi viaggi. Le città, ch'erano già libere da un secolo e mezzo, cominciavano ad avere ciascuna d'esse i loro storici, molti de' quali nel resto d'Italia scrivevano in latino, ma in Firenze si giovavano del loro dialetto; e contribuirono a ornare e diffondere la lingua letteraria, che poi divenne universale nella penisola. Tra questi Giovanni Villani preserva anche a dì nostri il doppio merito di storico veritiero e di elegante scrittore: però non concluderemo questo Discorso senza osservare i caratteri del suo stile. Il Villani era già in età d'intervenire nelle faccende pubbliche quando Dante fu esiliato, e l'uno e l'altro studiavano a scrivere le loro diverse opere quasi nel medesimo tempo.

Così, e quando Dante cominciò a meditare su l'indole e i caratteri della lingua italiana, e mentre si accinse a trovarne le teorie più efficaci a stabilirla ne' suoi primordj e regolarla ne' suoi progressi, egli aveva dinanzi a sè molti saggi sì in poesia che in prosa, da' quali egli poteva desumere molte osservazioni e ridurle a principj sicuri. Infatti il suo primo libro su la lingua chiamato *Convito*, e nel quale tratta di molte altre questioni d'ogni maniera, cominciò a comporlo dopo ch'ebbe passato l'anno quarantacinque dell'età sua[22]; e l'altro intitolato dell'*Eloquio Volgare*, e nel quale tratta il soggetto di pieno proposito, lo intraprese poco innanzi di morire. Non ne lasciò scritta che una piccola parte, ma, per quanto la crescente civiltà dell'età sua l'abilitasse a trovare alcune delle regole necessarie alla lingua, pur nondimeno i fondamenti inconcussi su' quali la stabilì non poterono uscire che da una mente straordinaria come la sua.

Il maggiore e miglior numero delle osservazioni gli furono senza dubbio somministrate dalla lingua poetica, e dall'intentissimo studio a comporre il suo grande poema. Tuttavia, ad eccezione d'Omero, niuno stile poetico, e molto meno l'italiano, e quello del poema di Dante meno d'ogni altro, può servire di guida ragionata e fedele a ridurre gl'innumerabili accidenti e bizzarrie di una lingua sotto regole evidenti, ordinate e perpetue. I Greci, per quanto sappiamo, non ebbero libro di prosa se non tre secoli e più dopo l'*Iliade*. I poemi d'Omero furono i primi, e, per lunghissimo tempo, i soli fonti della lingua letteraria de' Greci; e da que' due modelli poscia i poeti e gli storici e gli oratori, di generazione in generazione e di città in città, desumevano ricchezze, dignità ed eleganza di stile a nobilitare i dialetti diversi della Grecia. Tutti que' dialetti sono oggi classificati quasi col metodo di Linneo, e distribuiti con tutti i loro caratteristici da' professori delle Università; ma non li conoscono che ne' libri, e non gli udirono mai parlare. Or se, invece di leggerli, gli avessero uditi, non gli avrebbero classificati, nè ammirati, e i nostri profondi ellenisti si sarebbero accorti che anche i greci erano dialetti nè più nè meno come tutti gli altri; e che nella bocca del popolo erano rozzi, incostanti, ritrosi ad ogni guida e ad ogni regola, e alterati sensibilmente e capricciosamente quasi d'anno in anno, e trasformati di provincia in provincia dal tempo, e innestati uno nell'altro dalle conquiste, dal commercio e da' nuovi usi, come gli altri dialetti d'ogni terra ed età. Bensì, per essere scritti, dovevano conformarsi alla lingua generale e letteraria della nazione; e benchè serbassero alcune forme provinciali e suoni peculiari alla provincia, pur nondimeno nel resto erano tutti più o meno somiglianti alla lingua Omerica. Questa lingua, tuttochè applicata da principio alla poesia dell'*Iliade* e dell'*Odissea*, riesciva in seguito attissima a lasciarsi imitare da tutti in ogni altro genere di composizione; e quindi a contribuire materiali infiniti alle osservazioni

---

22   Dante, *Opere*, vol. V, pag. 67; edizione Zatta.

pratiche, e a' precetti e a' principj perpetui dello stile de' poeti, degli storici e degli oratori di tutta la Grecia. La poesia d'Omero infatti è narrativa insieme e drammatica, e senza raffinamento veruno di lingua o di stile. È grande nelle invenzioni, originale e ricca ne' caratteri, fiera nelle passioni, caldissima ed evidente nelle sue scene diverse; ma nelle parole procede costantemente semplice, e naturalmente grammaticale. Le sue frasi non sono mai troppo pregne di metafore, e non mai applicate a idee metafisiche, nè a pensieri o sentimenti che non siano, per così dire, tangibili. Cosicchè, se vi si togliesse il metro de' versi, e l'*Iliade* e l'*Odissea* si riducessero in prosa, parrebbero storie romanzesche e meravigliose come mille altre che a' dì nostri si scrivono in lingue e stili mille volte peggiori, e che trovano infinitamente maggior numero di lettori che non i poemi d'Omero.

La lingua poetica di Dante, al contrario, è talvolta sublime, talvolta strana, e spesso ineguale; ma non mai facile ad essere nè imitata dagli scrittori, nè osservata con frutto da' legislatori di lingua. Quindi non ha potuto, nè potrà mai servire di modello a composizioni in prosa. Nel tempo stesso fu lingua soggetta anch'essa a leggi rigorosissime; ma furono inventate da chi la creò, e per non essere applicate fuorchè da lui solo, e in quel suo genere di poesia. Molte forse delle sue frasi e modi di dire si potrebbero usare, e si sono usati dagli scrittori; ma risaltano ad un tratto agli occhi quasi ornamenti tolti ad imprestito, ed eccezioni felici a liberare d'ora in ora lo stile dalla monotonia dell'ordinaria andatura grammaticale. I dialoghi nel poema di Dante sono convenientissimi a ciascuno de' tanti interlocutori d'ogni età, d'ogni costume e d'ogni carattere. Ad ogni modo parlano tutti con tanta profondità di pensiero, e forza di concezione e ardore di passione, e soprattutto con tanta brevità, da costringere la lingua a forme ed espedienti e metafore maravigliose in que' luoghi, ma incapaci ad accomodarsi al processo più logico della prosa. I romanzi della *Tavola Rotonda* raccontano che il re Arturo uccise di un colpo di lancia il suo figliuolo Mordrec, perchè lo colse in adulterio con la sua matrigna. Dante o lesse o immaginò che il fatto avvenisse a giorno chiaro, e in luogo dove splendevano i raggi del sole; e che il colpo di Arturo fece in un subito una ferita larga e profonda in guisa da dare adito al sole di trapassare per mezzo della piaga dal petto alle spalle, cosicchè, mentre il corpo di Mordrec era diviso dal colpo, l'ombra sua sul piano era divisa dal raggio solare. Certo qualunque altro scrittore antico o moderno, e in qualunque lingua, esporrebbe lo stesso fatto più o men brevemente per via di narrazione o di descrizione o d'immagini; ma nessuno, fuorchè Dante, e niuna lingua, fuorchè la sua, avrebbero ristretto il fatto in quei due soli versi:

E a quello cui fu rotto il petto e l'ombra

Con esso un colpo per la man d'Artù.[23]

E questo è detto in un dialogo da uno Spirito nell'*Inferno* in via di narrazione. L'energia delle parole, la rapidità delle espressioni e il suono di que' due versi sono congegnati con tal arte da far sentire in un subito tutta la ferocia e l'istantaneità dell'azione. Quel modo idiomatico *con esso un colpo* invece di *con un colpo*, e che in Inglese forse non si potrebbe tradurre che con la parafrasi, *at one and the very same blow*, conferisce nell'originale efficacemente all'intenzione del poeta. L'immagine è nuova insieme e terribile, e posta dinanzi agli occhi; ma non a tutti gli occhi riescirà di vederla senza attentissimo esame. Noi non possiamo concepire in un subito come fosse l'ombra unita al petto, nè come fosse rotta anch'essa ad un tratto da un medesimo colpo, nè come mai l'ombra

---

23   *Inferno*, canto XXXII.

potesse dividersi a un colpo di lancia. La riflessione del lettore, o l'allusione degli antichi romanzieri riescono finalmente a offrire all'immaginazione una pittura evidente dell'azione rappresentata; e la meraviglia si riconcilia alla realtà naturale. Se questo modo di descrivere sia piuttosto bizzarro che originale, è un'altra questione con la quale qui non abbiamo che fare. Ma questo solo esempio basta a provare l'uso che Dante faceva della lingua nel suo poema. Ben può supplire abbondantissimo numero d'osservazioni particolari; ma nella pratica ognuno s'accorgerà che ciascuna osservazione si rimarrà isolata, e non potranno mai ridursi a metodo grammaticale, ne a principj applicabili mai dalla generalità degli scrittori.

Ben è vero che la dizione del poema di Dante trasfuse sempre nelle opere degli uomini di genio un certo spirito di originalità, d'energia e di calore che può adattarsi ad ogni specie di composizione. Ma non è che lo stile, o per parlare più esattamente, non è che l'essenza secreta dello stile di Dante, dalla quale que' pochi che sanno cercarla e la trovano possono ricavarne gran frutto.

Tuttavia conviene ch'essi spoglino la lingua di quel poema delle forme inventate da Dante, le quali non possono essere maneggiate costantemente che da lui solo. Due moderni scrittori d'ingegno, d'anima e di educazione differentissima, e ciascuno d'essi meritamente celebre per un modo diverso e proprio a ciascuno di essi, di scrivere in poesia, indagarono per tutto il corso della loro vita letteraria le più potenti qualità della lingua italiana, e i secreti dello stile sulla *Divina Commedia*. L'uno e l'altro gli hanno trovati, e se ne sono giovati felicemente; e professano d'essere debitori in gran parte della loro fama alla loro perseveranza nello studio di Dante. L'uno è l'Alfieri, e l'altro è il Monti; e nondimeno i loro metodi di scrivere sono, non solo diversi, ma assolutamente opposti fra loro, sì che pajono poeti distanti più secoli l'uno dall'altro. E la ragione si è che, indipendentemente dalla tempra diversa delle loro facoltà intellettuali, l'uno e l'altro non si sono imbevuti che dell'essenza dello stile dell'antico creatore della poesia italiana. Così l'Alfieri n'animò i dialoghi delle sue tragedie, e il Monti le terzine delle sue cantiche. Ma quanto alle forme della lingua, l'Alfieri le pigliò principalmente dalle prose del Machiavelli, e il Monti dal poema dell'Ariosto.

L'altro genere di poesia trattato da Dante fu la lirica amorosa, ed era comune a tutti i suoi coetanei; e dopo mezzo secolo essendo stata ridotta dal Petrarca ad invariabile perfezione, fu poscia per quattrocento anni stoltamente imitata anche dagli uomini savi; e analizzata da' critici e dalle accademie: ma niuno s'avvide mai che sì fatta lingua non si presta a imitazione di poeti, nè ad analisi di precettori di grammatica. Quanto agli elementi di cui il Petrarca si valse a comporre quella sua lingua, ne faremo parola osservando l'epoca seguente, alla quale egli spetta. Ma quanto al genere della sua poesia, ei lo trovò già introdotto da scrittori anche più antichi di Guido Cavalcanti, di Cino da Pistoia e di Dante. Questi tre, fra' quali Dante primeggia, superarono i loro antecessori, e spianarono il sentiero al Petrarca a condurre Laura al terzo cielo. È poesia lirica platonica, d'amore platonico, in lingua platonica. Riescono versi mirabili, perchè sembrano concepiti da anime più che umane; ma parlano raramente alla fantasia nostra per via d'immagini, bensì la rapiscono in estasi; commovono il cuore a sentimenti indistinti, gratissimi, ma fuggitivi perchè la passione è rigorosamente disgiunta da' nostri sensi, che sono i ministri naturali e perpetui d'ogni passione reale; finalmente le idee sono sottilmente derivate da teorie metafisiche inconcepibili; spesso oscure a' poeti che si studiano d'illustrarle. Talvolta fin anche nelle poesie del Petrarca una idea astratta è dedotta dall'altra, concatenata in ragionamenti e sillogismi e conclusioni, di modo che se fossero esposte senza metro, nè rime, nè metafore e tradotte in piane parole, ne uscirebbe una tesi sostenuta col metodo regolarissimo delle scuole. Bensì i versi, le rime e l'armonia delle parole combinate con arte musicale, le illusioni aeree e meravigliose di quella specie d'amore che illude per un momento, e le frasi adattate a quel genere di composizione hanno fatto spesso ammirare quella lirica, specialmente in que' tempi. Non già che la intendessero meglio di noi; ma perchè era accompagnata da note di musica e cantata alle feste e a' banchetti; ond'era astrusa come poesia, ed insieme popolarissima come musica. Così in Londra di mille persone che concorrono all'opera italiana appena cento ne intendono le parole.

Ma mentre Dante nelle sue poesie liriche e nella sua *Divina Commedia* dava esempj che potevano essere piuttosto ammirati che imitati da presso, e trattava due diversi stili poetici, indipendenti da' metodi ordinarj e regolari di tutte le lingue, egli pur nondimeno adempiva a quest'oggetto con le sue opere in prosa.

Abbiamo veduto come i dialetti innumerabili chiamati romanzi, che si parlavano universalmente nell'Impero Romano e derivati tutti dal latino, si consolidarono nella lingua spagnuola, nella francese e nella italiana, le quali appena furono scritte da' poeti e diventarono letterarie e nazionali, assunsero i nomi, de' quali abbiamo già dato ragione, di lingua d'*oc*, lingua di *oui*, lingua di *sì*. La prima pretendeva la preminenza per l'antichità de' suoi poeti; la seconda per la moltitudine de' suoi traduttori dal latino d'opere in prosa; e la terza, più tarda delle altre, per la sua prossima affinità con la madre lingua latina, per la sua migliore regolarità di sintassi, e per la sua maggiore armonia ed attitudine a scriversi. Della lingua d'*oc*, benchè siasi trasfusa tutta nella spagnuola d'oggi, non restano vestigj se non nelle canzoni dei Trovatori, illustrate non sono molti anni dal Raynouard. Abbiamo inoltre sott'occhi un volume di poemi ridotti in francese dalla lingua *Occitanica*, come la chiama il traduttore; ma il nome è posteriore alla cosa. Certo è che consisteva or più or meno de' dialetti romanzi provenzali, guasconi e catalani. Nel tempo stesso, a dir vero, noi non siamo molto disposti a credere all'autenticità di que' poemi occitanici, e ci sembrano parafrasi moderne di pochi avanzi della lingua d'*oc* nominata da Dante, e che oggi sarebbe in tutto perduta senza lo studio degli antiquarj. Tuttavia i suoi elementi sono evidenti in quel dialetto spagnuolo ch'è parlato da' Catalani. La lingua francese ebbe sorte migliore; e poscia il numero e il merito de' suoi scrittori in prosa la fecero correre a gloria che non le potrà esser rapita, se non dopo che una generale rivoluzione della terra spegnerà nelle nuove nazioni che l'abiteranno ogni memoria di quelle da cui saranno state precedute. Pur nondimeno la lingua letteraria francese non arrivò a tanto splendore, se non per mezzo di alterazioni progressive che la trasformarono quasi in tutto da quello che era a' tempi di Dante. Bensì l'italiana nacque, crebbe e si ampliò lingua letteraria con pochissime alterazioni, fuorchè quelle recatele dal maggiore o minor genio degli scrittori. Per quante dottrine grammaticali l'abbiano immiserita, pur nondimeno l'essenza intrinseca e le sue forme esteriori rimangono sempre le stesse.

Il sommo merito di Dante consiste nell'avere osservato il processo delle altre lingue derivanti dalla latina, le loro passate, le loro attuali vicissitudini, e quelle della sua propria; e quindi d'avere saputo prevedere che la lingua italiana non avrebbe patito le fluttuazioni e le metamorfosi delle sue rivali. Vide che poteva migliorare o peggiorare, e che questo dipendeva in parte dagli scrittori, in parte da' principj su' quali si sarebbe stabilita; ma che, peggiorando o migliorando, pur nondimeno le sue apparenze si rimarrebbero sempre le stesse. — A questa conclusione egli giunse e l'adottò per certissima, perchè presentì che la lingua italiana non sarebbe stata mai parlata, e quindi avrebbe evitato tutti i mutamenti che accadono in ogni lingua soggetta alle pronunzie popolari, che insensibilmente vanno d'anno in anno alterando i suoni delle parole, sì che il dialetto d'un secolo è vario da quello dell'altro nella stessa città. Al contrario, se la lingua, non essendo parlata mai, continua ad essere scritta, tutte le sue forme esteriori agli occhi, e quindi alla pronunzia degli scrittori e de' lettori, si rimangono più costanti ne' segni dell'alfabeto, e tramandate di generazione in generazione, con pochissime alterazioni accidentali, alla più tarda posterità.

A queste conclusioni Dante arrivò or sono cinquecento e più anni; e chi considera che quanto ci predisse si verificò puntualmente d'allora in qua, potrà facilmente inferirne che l'anima di quell'individuo, quantunque ardente di passioni fortissime sino al furore, e agitata da una immaginazione atta ad architettare e popolare tre mondi ideali, possedeva ad un tempo il potere di lunga e perseverante meditazione sugli argomenti più astrusi. Però da pochissimi fatti e da osservazioni che sfuggono l'altrui attenzione seppe dirigere il progresso futuro ed inevitabile d'una lingua; e prevedere senza ingannarsi, che quella lingua o doveva perire, o mantenersi secondo le sue predizioni. Infatti che la lingua italiana non sia parlata neppur oggi apparisce a chiunque abita, e a chiunque traversa quella Penisola. Le persone educate negli altri paesi d'Europa si giovano della lingua nazionale, e lasciano i dialetti alla plebe. Or questo in Italia è privilegio solo di chi, viaggiando nelle provincie circonvicine, si giova d'un linguaggio comune tal quale tanto da farsi intendere, e che potrebbe chiamarsi mercantile ed itinerario. Bensì chiunque, dimorando nella sua propria, si dipartisse appena dal dialetto del municipio, affronterebbe il doppio rischio e di non lasciarsi intendere per niente dal popolo, e di farsi deridere nel bel mondo per affettazione di letteratura. I dialetti italiani d'oggi sono probabilmente mutati di molto da quello che Dante udiva parlare. Egli ne contò quattordici principali, suddivisi all'infinito, come notammo, – nè oggi il loro numero è forse minore; – e la loro disparità è sì prominente, che un Bolognese e un Milanese non si intenderebbero fra di loro, se non dopo parecchi giorni di mutuo insegnamento. Inoltre, che la lingua italiana sia stata sempre scritta con le medesime forme apparirà dal solo confronto con le due lingue più letterarie dell'Europa moderna, le quali per essere state insieme parlate e scritte, mutarono la loro ortografia in guisa, che pochi Inglesi, fuochè i dottissimi, possono leggere e intendere le lettere di Chaucer, e pochi Francesi i libri di Rabelais. I Francesi di Luigi XIV, e gl'Inglesi, al tempo ancor meno lontano della regina Anna e anche dopo, esiliarono tanto numero di parole, che oltre ad impoverire i loro idiomi, lasciarono gli antichi libri in dimenticanza. Trasfigurarono la loro ortografia in modo che scrivono in un alfabeto e pronunziano in un altro; ma a' Francesi basta d'abusare de' segni delle vocali e pronunziarli per via di dittonghi: bensì gli Inglesi abusano di vocali e di consonanti; anzi, a dir giusto, non hanno alfabeto. Tale è la sorte di tutte le lingue, che essendo insieme scritte e parlate devono presto o tardi accomodarsi all'impero mutabile sempre della pronunzia e dell'uso. – Al contrario la lingua italiana, per l'essenza sua di essere scritta e non parlata, essa e la sua ortografia patirono meno trasformazioni; ed ogni suo segno alfabetico scritto è pronunziato in un modo. Pochissime mutazioni qua e là nelle pagine delle prose di Dante basterebbero a far presumere ch'egli scriveva a' dì nostri. La lingua traversò tanti corsi di secoli e di vicissitudini morali e politiche della nazione, preservando quasi tutte le sue parole armoniose, evidenti ed energiche, ed i suoi modi eleganti, acquistandone sempre de' nuovi, e senza perdere mai gli antichi, e scrivendoli tutti con la medesima uniformità. Sì fatti vantaggi non potranno essere controbilanciati che da danni ignoti alla storia delle altre lingue; fra' quali il peggiore si è: che la lingua rimanendosi esclusivamente letteraria, la nazione in generale non ne ricavò molto profitto, nè ha mai potuto decidere sul merito degli scrittori o sulle loro dispute grammaticali. Gli autori sono per lo più i soli lettori in simili argomenti, e certamente i soli giudici: onde non è meraviglia se le dispute stesse non cessarono mai, e se tutti scrivendo del come si dovrebbe scrivere, pochissimi scrivono di ciò che pur si dovrebbe.

Su ciò che Dante previde con occhio sicuro egli fondava pochi principj generali intorno alla legislazione grammaticale. Erano inerenti alla condizione e alla natura della lingua, onde operarono sempre e quando vennero applicati da parecchi scrittori, e quando vennero trascurati da altri, o negati ostinatamente da molti; ed operarono fin anche negli scritti di chi li negava. Bensì ogni altro de' sistemi posteriori apparve tanto più assurdo, quanto più si allontanava dal suo; e tutti insieme non solo impedirono, ma fecero retrocedere la lingua ne' suoi progressi. Non però le hanno potuto far mai rimutare indole nè apparenze; ed oggimai l'esperienza ha convinto la più gran parte degl'Italiani, che la loro lingua letteraria non può prosperare senza l'applicazione dei principj di Dante. – E sono: – Che l'uso, il quale è l'arbitrio d'ogni lingua, deve applicarsi anche alla lingua letteraria; ma che non essendo parlata, l'uso non può risiedere negli abitatori d'alcuna città nè provincia d'Italia, bensì nel popolo degli scrittori di tutta l'Italia: – Che i miglioramenti e i deterioramenti della lingua dipenderanno sempre dal più o meno d'ingegno o di studio, e soprattutto di liberale e nobile educazione di ciascuno scrittore: – Che nelle università e nelle corti de' principi, dove la dottrina de' libri, la generosità della vita e l'eleganza de' costumi e quindi delle idee prevalgono, la lingua si arricchisce, si nobilita, e si raffina. Perciocchè molti nuovi idiotismi de' varj dialetti portati nelle università e nelle corti dal concorso d'uomini ben nati d'ogni provincia si vanno immedesimando in una sola lingua chiamata da Dante *nobile*, o *cortigiana*: – Che questa lingua essendo così composta del fiore di tutti i dialetti, e intelligibile a quanti sono educati a formarla e scriverla, non può possibilmente parlarsi da tutta una nazione divisa e suddivisa in popoli e municipi con dialetti diversi; bensì può essere scritta ed intesa da tutti: – Che la tempra diversa delle facoltà intellettuali degli uomini d'ingegno avrebbe naturalmente innestato nella lingua nuovi modi, nuove frasi, nuovi spiriti, e sempre con arte diversa; e quindi ne sarebbero risultati diversi stili tutti formati dalla materia dipendente dalle medesime leggi: – Che la fama e l'esempio de' pochi grandi scrittori, i quali avrebbero necessariamente predominato nel loro secolo, avrebbero fatto come da moderatori a' capricci e alla licenza e agli usi introdotti dal popolo degli autori. – Finalmente dichiara come regola generale, che ogni dialetto d'ogni città d'Italia, fuori della Toscana, e nemmeno quello di Firenze, quantunque paragonandoli fra di loro l'uno sembri men cattivo dell'altro, sono tutti ad un modo assolutamente incapaci a lasciarsi mai ridurre a lingua scritta, in guisa che possa divenire universale alla nazione; ma che gli scrittori dovevano scegliere continuamente da' varj dialetti ciò che poteva adattarsi alla lingua letteraria, e far sì che, essendo formata di tutti, non mostrasse alcun indizio d'appartenere particolarmente a veruno.

Questi principj metafisici per sè stessi furono annunziati in tempi ne' quali la filosofia, l'arte dialettica, e la teologia erano tutt'uno, e, credendo d'aiutarsi, s'intricavano fra di loro. Quindi il metodo adottato da Dante induce alle volte a credere che le sue idee fossero oscure anche alla sua mente. Locke che facilitò lo studio dell'analisi delle idee, e quindi della natura delle lingue, e Condillac che illustrò questa difficilissima parte della metafisica, scrissero quattro secoli dopo. Dante asseriva il suo sistema com'uomo che ne vedeva la verità, e n'era convinto; ma non lo esponeva in guisa da convincere gli altri. Il nome e la definizione di lingua *cortigiana* sono idee vaghissime per sè. Inoltre senza lunghissima serie di fatti, d'argomenti e di dimostrazioni è cosa difficile a persuadere gli uomini di qualunque tempo, che una lingua vivente possa esistere senz'essere mai parlata. Finalmente si è già veduto ch'ei morì quasi mentre aveva finito appena una parte del suo trattato.

L'applicazione universale, severissima e più che giusta delle sue dottrine contro a tutti i dialetti inimicò al poeta anche la tarda posterità di que' Fiorentini che l'avevano esiliato. Ben è vero che niun dialetto può mai convertirsi in lingua scritta e permanente, se non perde tutte le sue qualità popolari, per accoglierne moltissime letterarie, in guisa che, serbando la sostanza della sua materia, trasformi a ogni modo tutte le sue sembianze. Ma è vero altresì che la materia della lingua nazionale si trova più nel dialetto fiorentino che in qualunque altro d'Italia, e che, quantunque tutti gli scrittori fiorentini, e Dante più ch'altri, abbiano più o meno alterato il loro idioma materno ne' libri, pur nondimeno la maggior quantità delle parole anche in Dante sono pur fiorentine. Certamente non possiamo indovinare come si parlasse in Firenze e in Bologna a que' tempi; solo vediamo che Dante giudicava il dialetto de' Bolognesi più atto a giovare alla lingua letteraria che non era il fiorentino; e questa sua decisione è inesplicabile, e nocque a' suoi principj appunto perchè parve ad ogni uomo esagerata ed assurda. Taluni l'attribuirono all'ira ch'ei sentiva contro a' suoi concittadini. Altri compose ultimamente un libro non solo a difenderlo da questa taccia, ma a provare che i Fiorentini e gli altri Italiani scrivevano a que' tempi una lingua al tutto letteraria, il che a noi non pare bastantemente provato. Se l'ira contro Firenze ebbe qualche parte a fare anteporre a Dante il dialetto bolognese, egli ad ogni modo non lo avrebbe asserito con tanta certezza. Però crediamo che egli attendesse non tanto al dialetto municipale, quanto a quello che allora s'era creato per l'immenso e continuato concorso di uomini d'ingegno; professori e scolari d'ogni età, d'ogni sapere e d'ogni città d'Italia e d'Europa, i quali necessariamente usavano nell'università di Bologna d'una lingua prossima alla popolare, ma alterata alla guisa di quella che per le stesse ragioni si parla, e s'è sempre parlata nella corte de' papi in Roma. E questa appunto era la *cortigiana* di Dante. Comunque si fosse, se noi dobbiamo giudicare dagli scritti de' suoi contemporanei, que' de' Bolognesi sono pochi, e que' pochi sono infinitamente inferiori nella lingua a' moltissimi fiorentini. Inoltre d'allora in qua il fiorentino fu sempre il dialetto che s'approssimò più da vicino alla lingua scritta dagli autori italiani.

Forse fra que' cent'anni o pochi più da che Dante nacque, e il Petrarca e il Boccaccio morirono, gli altri scrittori fiorentini si giovavano con pochissime alterazioni del dialetto parlato dal popolo. Tuttavia la diversità nella giuntura delle parole in ciascheduno di quegli scrittori fa manifesto, che alcuni d'essi nobilitavano, altri l'ingentilivano, e tutti vi poneano più o meno studio; ed è studio inculcato dalla natura a chiunque pur sa di dover soggiacere al giudizio del mondo. E se questo non fosse, com'è che Giovanni Villani, tuttochè alla prima ci si mostri scrittore semplicissimo, ridonda a chi attentamente lo legge di parole ed eleganze e giunture di frasi tutte sue ed invisibili nelle altre scritture di quell'età? Or quando è pure evidente che tutti scrivevano in modo diverso dal suo, chi affermerà ch'ei scrivesse per l'appunto come parlava, e che la lingua scritta da lui fosse il dialetto del popolo fiorentino, nè più nè meno? Non che tutti i dialetti, e que' delle città di Toscana più ch'altri, non porgano infiniti modi di dire attissimi a scriversi; ma perchè giornalmente sono applicati a fatti e pensieri alieni spesso da quelli che sogliono scriversi, sanno di plateale e di comico, e guastano lo stile desiderato da materie più alte; onde chiunque gli adopera è costretto a nobilitarli. Poichè dunque il Villani è dotato di eleganza e ricchezza di lingua ignote allo stile de' suoi coetanei, è da dire ch'egli sapeva come ingentilire gl'idiotismi, e discernere quali comportassero di scriversi e quali no; e, bench'ei più d'ogni altro egregio scrittore di quella città siasi giovato del dialetto popolare, ebbe l'ingegno di raffinarlo, e lasciò i primi esempj di lingua letteraria in Italia.

Però il fiorentino quanto più diveniva lingua italiana, tanto era più scritto e meno parlato; tanto più era spogliato d'ogni sembianza popolare e municipale; e tanto più il concorso degli scrittori lo arricchì variamente di forme o create di pianta, o trovate per mezzo d'antiche e nuove frasi e parole ringiovenite, combinate con arte. Intendi sanamente, non l'arte vanissima de' retori e de' grammatici; ma sì quel tanto d'arte suggerita ad ogni uomo dall'ingegno suo proprio, e che, per essere dono di natura spontaneo, ciascheduno l'usa com'ei lo possiede; e chi più n'ha, più l'esercita, e trova, quasi per ispirazione, assai modi a diffondere sembianze nuovissime e geniali pur sempre alla lingua. Pur altri mille ornamenti sono meretricj, e mille altri sembrano barbari. Alcuni scrittori per vanità di stile purissimo, non avendo calore da ravvivare le grazie che disotterrano da vecchi libri, le lasciano cadaveriche, e pur se ne giovano; altri, per necessità d'idee ignote agli antichi, si accattano parole e frasi da' forestieri, e non le adoprano in guisa che si confacciano spontaneamente alla lingua. Ma nè i puristi sarebbero accusati di pedanteria, nè gli innovatori di barbarismo, se chiunque scrive potesse insignorirsi dell'arte d'introdurre nel suo stile alcuni vocaboli e modi di dire antichissimi e forestieri sì facilmente, che pajano piuttosto invitati che intrusi.

DISCORSO QUARTO

EPOCA QUARTA

DALL'ANNO 1350 AL 1400

Siamo oggimai all'epoca del Boccaccio, o a dir più giusto, del *Decamerone*, sul quale per più secoli i principj, gli esempi di tutte le regole, e le grammatiche, e il Grande Dizionario della lingua Italiana si sono fondati. Anzi le Novelle del Boccaccio furono considerate per quattrocento anni il deposito di ogni umana eloquenza; e le lodi sono ripetute da un illustre critico Francese, al quale non si possono apporre pregiudizj nazionali, nè superstizioni di accademie e di scuole. – Or da che noi non siamo in tutto della stessa opinione, stimiamo prezzo dell'opera e obbligo nostro di attendere con maggior cura all'esame di quest'opera, e del libro che la rende sì illustre.

Era Giovanni Boccaccio dotato dalla natura di facondia a descrivere minutamente e con maravigliosa proprietà ed esattezza ogni cosa. Mancava al tutto di quella fantasia pittrice, la quale condensando pensieri, affetti ed immagini li fa scoppiare impetuosamente con modi di dire sdegnosi d'ogni ragione rettorica. Però in tanti suoi libri di versi e rime pare spesso poeta nell'invenzione, e non mai nello stile; di che i fondatori dell'Accademia della Crusca atterriti, come di cosa fuor di natura, esclamavano che il Boccaccio, che sorpassò tutti gli scrittori nelle sue Novelle, non ha mai potuto comporre una stanza in rime degna del nome di poesia[24]. Del resto, quella sua prodigalità di parole sceltissime, e i sinonimi accumulati, e i significati purissimi, schietti per lo più di metafore, e vaghi di vezzi nella giuntura delle frasi giovano a lasciar osservare tutti gli elementi della sua prosa, e scemasi alquanto la somma difficoltà di scevrare le leggi certe grammaticali dalle arbitrarie de' retori; e la materia perpetua della lingua dalle forme mutabili dello stile. Fra quante opere abbiamo del Boccaccio, la più luminosa di stile e di pensieri a noi pare la *Vita di Dante*: e la sua lunga *Lettera a Pino de' Rossi* a confortarlo nell'esilio è caldissima d'eloquenza signorile; onde i vocaboli corrono meno lenti e più gravi d'idee che nelle Novelle. Le tante macchie di lingua scoperte dagli Accademici in que' due volumetti[25], sono invisibili a noi, colpa forse del non saperle discernere. Forse anche que' volumetti dispiacquero perchè pajono in lingua piuttosto italiana che fiorentina; e sono meno ricchi di parole non necessarie, più rigorosi nella sintassi, e meno vezzosi di quelle grazie, le quali, per essere più dell'autore che della lingua, non furono imitate mai che non paressero smancerie. Loderemo dunque ogni superfluità di parole in quanto il *Decamerone* somministra maggior numero d'osservazioni grammaticali; e tanto più quanto la qualità diversa di cento novelle, e la varietà degli umani caratteri che vi sono descritti porsero occasioni all'autore di applicare ogni colore e ogni studio alla lingua, e farla parlare a principi e a matrone e a furfanti e a fantesche e a tonsurati ed a vergini, ed a chi no? onde in questo il Boccaccio è scrittore unico forse.

A critici suoi devoti pur nondimeno pare che il Boccaccio sia narratore più nobile di qualunque degli scrittori antichi; e più potente di Cicerone e di Demostene nelle dicerie de' suoi personaggi; e più tragico d'Eschilo e d'ogni tragico nella rappresentazione di forti anime lottanti contro a passioni e sciagure; e più arguto di Luciano a deridere. – Ma lodi siffatte sentono di fanatismo. Il Boccaccio, senza essere sommo in alcuna di tante guise di stile, seppe trattarle felicemente pur tutte; il che non incontrò a verun altro, o a rarissimi.

---

24   *Avvertimenti su la lingua*, vol. I, pag. 244; edizione milanese.

25   *Ivi*, vol. I, pag. 245.

Nondimeno M. Ginguené, uno de' critici più eleganti e più celebri dell'età nostra, giudica che il Boccaccio, avendo avuto sotto gli occhi la storia di Tucidide e il poema di Lucrezio, abbia emulato le loro doti diverse in guisa, che gli venne fatto di superarli, e descrisse la peste da storico, da filosofo e da poeta[26]. Se il Boccaccio vedesse l'uno e l'altro di quelli scrittori non sappiam dirlo; ad ogni modo bastava il latino, il quale segue di passo in passo Tucidide. Molta parte dell'italiano sembra parafrasi, non pure di avvenimenti originati per avventura e in Atene e in Firenze dalla medesima epidemia, ma ben anche di riflessioni e minute particolarità, nelle quali è improbabile che gli scrittori concorressero a caso. Il merito della descrizione della pestilenza nel *Decamerone* non risulta così dallo stile – che raffrontato a quello di Tucidide e di Lucrezio è freddissimo, – come dal contrasto degli infermi e de' funerali e della desolazione nella città, con la gioia tranquilla e le danze e le cene e le canzonette e il novellar della villa. In questo il Boccaccio, quand'anche avesse imitata la narrazione, l'adoperò da inventore. Bensì, guardando ciascuna descrizione da sè, la pietà ed il terrore prorompono insistenti dalle parole del Greco; e s'affollano, ma senza confondersi, da che ei procede con l'ordine che la natura diede al principio, al progresso e agli effetti di tanta calamità. Radunando circostanze due volte tante più che il Boccaccio, le dipinge energicamente in pochissimi tratti, sì che tutte cospirino simultaneamente a occupare tutte le facoltà dell'anima nostra. Il Boccaccio si sofferma a bell'agio di cosa in cosa pur a sfoggiarle con quel suo pennelleggiare che da' pittori si chiamerebbe piazzoso; e le amplifica in guisa da far sospettare ch'egli esageri. – «*Maravigliosa cosa è ad udire quello che io debbo dire; il che, se dagli occhi di molti e da' miei non fosse stato veduto, appena che io ardissi di crederlo, non che di scriverlo, quantunque da fede degno udito l'avessi*». E non gli basta. – *Di che gli occhi miei (siccome poco davanti è detto) presero, tra l'altre volte, un dì così fatta esperienza... nella via pubblica.*[27] Vero è che Tucidide narra con maggior efficacia, perchè n'ebbe esperienza più certa – «Ho patito di quel morbo anch'io, e l'ho veduto patire dagli altri[28]»; – ma s'astiene da ogni esclamazione rettorica, e da professioni di verità. La tempra diversa de' loro ingegni e la diversità de' loro studj gli ammaestrava a disegnare e colorire i medesimi fatti in due maniere affatto diverse. Le arti meretricie dell'orazione, che il Boccaccio derivò con ammirazione dai retori romani, non erano ancora fatturate da Isocrate e da que' parolai, nè celebrate in Atene all'età di Tucidide; ond'è il men attico fra gli Ateniesi, perchè modellava il suo dialetto materno sovra la lingua universale e schiettissima discesa da Omero, la quale non fu congegnata a mosaico di dialetti diversi, com'è generale opinione, ma fu studiata da poeti e da storici a infondere qualità letteraria a' dialetti delle loro città, sì che scrivendoli riescissero più agevoli a tutta la Grecia; – e perchè quella lingua primitiva era nazionale e vivente, i dialetti acquistavano decoro per essa, e non perdeano vigore. Il Boccaccio modellando l'idioma fiorentino su la lingua morta de' Latini, accrescevagli dignità, ma gli mortificava la nativa energia. Finalmente Tucidide adopera i vocaboli quasi materia passiva, e li costringe a raddensare passioni, immagini e riflessioni più molte che forse non possono talor contenere; ond'ei pare quasi tiranno della sua lingua. Or il Boccaccio la vezzeggia da innamorato. Diresti ch'ei vedesse in ogni parola una vita che le fosse propria, nè bisognosa altrimenti d'essere animata dall'intelletto; e però a poter narrare interamente desiderava *lingua d'eloquenza splendida* e DI VOCABOLI ECCELLENTI FECONDA[29], – La loro eccellenza gli era indicata dall'orecchio ch'egli a disporli nella prosa aveva delicatissimo. Certo è che l'esteriore e permanente beltà d'ogni lingua è creata da' suoni, perchè sono qualità naturali e le sole perpetue nelle parole. Tutte altre qualità le ricevono dal consenso dell'uso, che è spesso incostante, o dalle modificazioni dissimili di sentire e di pensare degli scrittori. Non però è meno vero che quanto maggior numero di parole concorre a rappresentare il pensiero, tanto minore porzione di mente umana tocca necessariamente a ciascuna d'esse; bensì la loro moltitudine per le varietà continue de' suoni genera più facilmente armonia. Quindi ogni stile composto più di suoni

---

26   Ginguené, *Hist, Litt. d'Italie*, t. III, pag. 87 e sg.

27   Introduzione.

28   Tucidide, lib. II, 48 ult.

29   *Fiammetta*, lib. IV.

che di significati s'aggira piacevole intorno alla mente, perchè la tien desta, e non l'affatica. Ma se l'armonia compensa il languore, ritarda assai volte la velocità del pensiero; e il pensiero acquistando chiarezza dalle perifrasi, perde l'evidenza che risalta dalla proprietà e precisione delle espressioni. Sì fatti scrittori risplendono, e non riscaldano; e dove sono passionati sembrano più addestrati che nati all'eloquenza; perciò il lettore non può persuadersi che mai sentano quanto dicono: e narrando, descrivono e non dipingono: nè vien loro mai fatto di costringere la loro sentenza in un conflato di fatti, ragioni, immagini e affetti, a vibrarla quasi saetta che, senza fragore nè fiamma, lasci visibile il suo corso in un solco di calore e di luce, e arrivi dirittissima al segno. Bellissimi scrittori pur sono nel loro genere; non però vediamo come altri possa ammirare in essi riunite in sommo grado le doti dello stile de' filosofi, degli storici, e de' poeti. Sono doti dissimili, o che noi c'inganniamo, da quelle del Boccaccio; e n'è prova che il loro abuso le fa degenerare in difetti al tutto contrari. Tucidide ti affatica imponendoti di pensare senza riposo; e il Boccaccio forse t'annoia, come chi non rifina di ricrearti con la sua musica. È stile a ogni modo felicemente appropriato a donne briose e giovani innamorati che seggono novellando a diporto. – Ma che libri di politica, com'oggi alcuni n'escono, dettati in quell'oziosissimo stile, possano educare a sensi virili e pensieri profondi, non lo crediamo. – Di ciò veggano gl'Italiani, o più veramente, quando che sia, i loro posteri. Ma noi, guardando al passato, non possiamo da tutta la lunga storia delle lodi del *Decamerone* se non desumere, che la troppa ammirazione per quel libro insinuò nella lingua infiniti vizi, più agevoli a lasciarsi conoscere che a riparare; e guastò in mille guise e per lungo corso di generazioni le menti e la letteratura in Italia. Or se taluni incominciassero a' dì nostri a cumulare sulle Novelle del Boccaccio tutti gli elogi meritati da' lavori più nobili dell'umano ingegno, non sarebbero essi disprezzati per l'appunto da' critici che li ripetono? Ma discendono tutti per tradizione continuata di grandi autorità e d'accademie e di scuole sino dal secolo di Leone X. Le tradizioni letterarie, nè giova indagarne il perchè, hanno più forza che le politiche e le religiose, anche negli uomini i quali possono considerare ogni cosa con filosofica libertà.

Ma di ciò avremo da dire allorchè osserveremo il secolo decimosesto, che fu la vera epoca grammaticale in Italia. L'esame riescirà tanto più nuovo, in quanto che la grammatica era intimamente connessa alle vicende politiche che sotto Carlo V trasformavano in tutto l'Italia, e alle riforme di religione che tolsero alla Chiesa di Roma una gran parte del popolo Cristiano. Allora dal concorso e dal concatenamento de' fatti apparirà sempre più, che i falsi sistemi de' critici, de' grammatici e delle scuole sarebbero stati evitati, e l'Italia non avrebbe ne' suoi scrittori di prosa altrettanti parolaj pedanteschi e gelati (come pur sono, da pochissimi in fuori), se il genio non fosse stato inceppato da troppe regole inesorabilmente imposte, patrocinate dalle accademie e tutte impossibili ad eseguirsi. Tanta miseria all'italiana Letteratura derivò dal non potere o non volere conoscere mai: – Che l'italiana è lingua letteraria; fu scritta sempre, non mai parlata. Ripetiamolo; perchè a questo centro concorrono tutti i fatti e le osservazioni; e il principio è innegabile insieme e negato, solo perchè non fu dimostrato mai. Quindi originarono, e infellonirono le questioni, e non cessano. Tutte le regole e le grammatiche e i dizionari e i giudizj de' critici hanno adottato per unica base l'ipotesi che il *Decamerone* fosse scritto come si parlava a que' tempi; – e che però si dovesse scrivere sempre indovinando finanche la pronunzia di quell'età, – e non si potesse usare senza precauzioni infinite nissuna frase o parola che non fosse o nel *Decamerone*, o ne' migliori scrittori contemporanei al Boccaccio. Or chi crederà che nel tempo stesso e negli stessi libri dicevano, che il Boccaccio in tutte le altre opere in prosa non solo non è scrittore perfetto, ma che anzi è così dissimile da sè stesso in guisa, che pare un altro scrittore, e talvolta peggiore de' suoi contemporanei? Così cadevano senza accorgersi nell'assurdità di asserire, che la lingua non fu parlata bene se non in que' tre o quattro anni impiegati dal Boccaccio a comporre le sue Novelle. Il fatto sta che l'unico scrittore il quale scrivesse come si parlava fu Franco Sacchetti, autore di alcune poesie, e di trecento novellette, le quali è quasi impossibile di credere che noi le leggiamo, e pare d'udirle narrare buonamente. Franco pare sempre che discorra per ozio, senz'altra cura che di far ridere. Ma gli accademici della Crusca lo chiamano barbaro: e nondimeno era concittadino e contemporaneo del Boccaccio, ed uomo di molta letteratura e di elegantissimo ingegno. Il fatto sta che Franco Sacchetti usava l'idioma popolare, e a' critici parve barbaro; e il Boccaccio formava una lingua letteraria, e nella quale alle volte si sente più l'arte che la natura, ed a' critici parve assai più che umana; e riducesi nè più nè meno ad essere lavoro raffinatissimo d'arte.

Il sommo, vero merito del Boccaccio sta nell'aver fatto uso del dialetto fiorentino meglio di qualunque altro scrittore, in guisa da convertirlo in lingua letteraria; e diede agli scrittori in prosa un grande esempio che non seguitarono, ed è: – Che tutte le lingue, e l'italiana più ch'altre, s'arrendono ad ogni trasformazione a chiunque può e sa far obbedire la lingua al genio. Ma ogni uomo ha genio diverso; e chiunque s'è fatto schiavo all'altrui, come molti a quel del Boccaccio, ha rinunziato alle forze sue proprie, e non può far molto uso delle accattate. Che se il Boccaccio avesse fatto prova men ambiziosa d'ingegno, i retori non avrebbero poscia usurpato il suo libro a mortificare alla lingua una facoltà nata seco, e di cui trecent'anni di inerzia, d'usi forestieri e di servitù l'avrebbero al tutto spogliata, se non fosse facoltà ingenita; ed è una ardente, diritta, evidente velocità, – vivissima nelle novelle composte forse un secolo innanzi al *Decamerone*. Il modo di scriverle fu agevolato dal mestiere di raccontarle, e dal costume d'udirle nelle corti de' signori d'Italia; e ne trascriveremo una brevissima:

«La Damigella tanto amò Lancialotto ch'ella venne alla morte, e comandò, che quando sua anima fosse partita dal corpo, che fosse arredata una piccola navicella, coperta d'un vermiglio sciamito con un ricco letto ivi entro, con ricche e nobili coverture di seta, ornato di ricche pietre preziose; e fosse il suo corpo messo in su questo letto, vestito de' suoi più nobili vestimenti, e con bella corona in capo ricca di molto oro, e di molte ricche pietre preziose, e con ricca cintura, e borsa. Ed in quella borsa aveva una lettera dello infrascritto tenore. Ma prima diciamo di ciò che va innanzi alla lettera. La Damigella morìo del mal d'amore: e fu fatto de lei ciò ch'ella aveva detto della navicella sanza vela, e sanza remi, e sanza niuno sopra sagliente; e fu messa in mare. Il mare la guidò a Camalot, e ristette alla riva. Il grido fu per la Corte. I Cavalieri, e Baroni dismontaro de' palazzi; e lo nobile Re Artù vi venne; e maravigliandosi forte molti, che sanza niuna guida questa navicella era così apportata ivi. Il Re entrò dentro; vide la Damigella, e l'arnese. Fe' aprire la borsa; trovaro quella lettera. Fecela leggere, e dicea così: A tutti i Cavalieri della *Ritonda* manda salute questa Damigella di Scalot, siccome alla miglior gente del mondo. E se voi volete sapere perch'io a mio fine sono venuta, ciò è per lo migliore Cavaliere del mondo, e per lo più villano, cioè Monsignor Messer Lancialotto de Lac, che già nol seppi tanto pregare d'amore ch'elli avesse di me mercede. E così, lassa, sono morta per bene amare, come voi potete vedere.»

Scarno com'è questo stile di narrazione, è pur vivo; qui la sintassi governasi da quella sola grammatica, ed è la vera e perpetua, la quale in ogni lingua vien suggerita dalla natura a tutti gli uomini, sì che s'intendano facilmente fra loro. Pochissime delle parole sono antiquate, e l'evidenza di tutte le altre si serbò sino a' giorni nostri. Scorre per entro il racconto una certa grazia d'ironia così che, se la data non fosse avverata, darebbe da credere che lo scrittore mirasse con la sua breve e non mai terminata novella a deridere i novellatori del *Decamerone*, che non rifiniscono mai di prosare e ascoltarsi da sè. Alle volte anche quegli antichissimi s'industriavano di aiutarsi di molte parole, e ingrandire le descrizioni, e accrescere il calore degli affetti; ma o che la povertà de' vocaboli della lingua ne gl'impedisse, o che non avessero ancora imparato come intrecciarle, incominciavano alle volte con un po' di rettorica, e si tornavano sempre alla lor semplice brevità. Infatti l'autore della novelletta par che si fermi a mezzo per indigenza di locuzioni, e s'affretta a finire il racconto suo come può.

Se fosse piaciuto al Boccaccio di abbellire e allungare per via di molta varietà di circostanze, di passioni e caratteri, e di ricchezze di stile questo racconto, com'ei pur fe' di que' molti ch'ei derivò da' romanzi, ei di certo si sarebbe giovato mirabilmente del nuovo modo di morire adottato dalla giovinetta, e le avrebbe disposte e colorite in maniera da conferire più verosimiglianza alla bizzarra invenzione. Se non che forse, volendo troppo descrivere la fanciulla morta vestita a nozze, e il cadavere ramingo nel mare senza certezza di sepoltura, e far parlare la giovinetta morente confortandosi della speranza di manifestare al mondo che il cavaliere non riamandola la lasciava perire, la rettorica avrebbe raffreddata la fantasia del lettore, e sparpagliate tutte quelle immagini e affetti ch'escono a un tratto spontanei dalla schietta ripetizione delle parole senz'arte. – *La Damigella morìo del mal d'amore: e fu fatto de lei ciò ch'ella aveva detto della navicella sanza vela, e sanza remi, e sanza niuno sopra sagliente; e fu messa in mare.* L'aridità di quasi tutti que' primi narratori è talor compensata dalla libertà, alla quale essi lasciano la mente del lettore a sentire e pensare da sè.

Quanto più le scritture vengono verso l'età del Boccaccio, tanto più abbondano di vocaboli, e di membretti annodati da particelle, e disposti a periodi men rotti e più numerosi. Gli artifizj della sintassi si moltiplicavano per via di traduzioni e imitazioni libere dal latino; e moltissime ne giacciono inedite. La quantità di quelli scrittori, se si trovassero tutti, sarebbe innumerabile; e quasi tutti, se se ne tolgano gl'idiotismi volgari e l'incostanza dell'ortografia, possedevano quella proprietà di parole, e quella facile eleganza di metterle insieme che non fu mai più ottenuta, se non per mezzo di studio. Ciò che abbiamo affermato sulla fine del primo di questi Discorsi, «Che la lingua fu rinvigorita quasi ad un tratto dalla costituzione democratica di Firenze», è illustrato specialmente da moltissimi documenti dell'età del Boccaccio. Poi quanta miseria la servitù politica portasse fin anche nell'eleganza della lingua, le seguenti epoche ne daranno tristissime prove. I Fiorentini s'arricchirono per le manifatture; passavano la lor gioventù in paesi forestieri per affari di traffichi, e ripatriavano importando nuovi usi, nuove idee, e quindi nuove parole, che in governo tutto popolare non potevano che divenir popolari in un subito. Erano repubblicani divisi in parti, che talvolta s'azzuffavano armate, e più spesso a parole nelle assemblee; e pochi vi avevano, fin anche fra gli artigiani, che non credessero le loro famiglie meritevoli della memoria de' posteri. Scrivevano cronichette della loro repubblica, innestandovi le loro faccende domestiche, e ricordi de' loro maggiori. Un d'essi registra: Il mio nonno faceva il badajuolo per campare. – Un altro. Io ebbi un avolo, e fu maliscalco, e fu tenuto il sommo della città sua: ebbe tre figliuoli; Cristofano, appresso il padre, tenne il pregio della Mascalcìa, e avanzollo; mio padre avanzò Cristofano dell'arte in sua vita; onde, volendo il padre che appresso sè uno de' figliuoli rimanesse all'arte, convenne a me lasciare lo studio della grammatica, come piacque a lui, e venir all'arte. Onde dinanzi a me furono di mia gente l'un presso all'altro, ciascuno maliscalco, sei; ed io fui il settimo.[30] – Bensì la ortografia di questo e d'ogni altro documento di quell'età, se non è ridotta all'uso moderno, palesa che il dialetto de' Fiorentini, benchè evidente nella sintassi e nella proprietà de' significati, era perplesso ne' suoni, e mutabile ne' segni delle idee consegnate alla scrittura. Scrivevano *casa, chasa, ricordo, richordo, figliuolo, fighiuolo, figiolo, maniscalco, manescalco.* La grammatica dalla quale il buon maliscalco fu disviato era la latina; e gli atti pubblici continuarono ad essere tutti scritti in quel gergo barbaro per due secoli e più.[31]

Il secreto del Boccaccio fu d'immedesimare lo spirito e la materia del dialetto volgare con tanta felicità da farne uscire una terza lingua. Il suo stile sarebbe stato schiettissimo d'affettazione, se, per procacciargli più dignità, non avesse usato un po' troppo della trasposizione ciceroniana, e se fosse stato più parco di parole, le quali non servono che alla rotondità di periodi sonanti. Parecchi versi tolti dal poema di Dante e innestati nel *Decamerone* furono osservati da molti; ma chi guardasse più addentro s'avvedrebbe che il Boccaccio armonizzava la sua prosa, ajutandosi della prosodia de' poeti latini. Li traduceva talora letteralmente e, mentre la loro misura suonavagli tuttavia intorno all'orecchio, inserivali nel suo libro. Di che giovi indicare uno squarcio

---

30   Presso il Manni, *Illustrat.*, pag. 421.
31   Varchi, *Stor. Fior.*, lib. XV, an. 1536.

bastantemente lungo nel Proemio, e sarà guida a' dilettanti di sì fatte scoperte a trovarne molte altre da sè. «Le donne sono molto men forti che gli uomini, a sostenere. Il che degli innamorati uomini non avviene, sì come noi possiamo apertamente vedere. Essi, se alcuna malinconia o gravezza di pensieri gli affligge, hanno molti modi da alleggiare o da passar quella; perciocchè a loro, volendo essi, non manca l'andare attorno, udire e vedere molte cose, uccellare, cacciare, pescare, cavalcare, giucare o mercatare. De' quali modi ciascuno ha forza di trarre o in tutto o in parte l'animo a sè, e dal nojoso pensiero rimuoverlo, almeno per alcuno spazio di tempo; appresso il quale, con un modo o con altro, o consolazion sopravviene, o diventa la noia minore.»

> *Ut corpus, teneris ita mens infirma puellis:*
> *Fortius ingenium suspicor esse viris.*
>
> *Vos, modo venando, modo rus geniale colendo,*
> *Ponitis in varia tempora longa mora.*
>
> *Aut fora vos retinent, aut unctae dona palestrae:*
> *Flectitis aut froeno colla sequacis equi.*
>
> *Nunc volucrem laqueo, nunc piscem ducitis hamo:*
> *Diluitur posito serior hora mero.*
>
> *His, mihi submotae, vel si minus acriter urar,*
> *Quod faciam, superest, praeter amare nihil.*[32]

Del Petrarca, grande contemporaneo ed amico del Boccaccio, che divise con lui fino a quasi tutto il secolo decimottavo la gloria di predominare assolutamente su la lingua italiana, non possiamo scriver nulla che non sia già noto, e pochissimo che serva al proposito nostro. Abbiamo già veduto nel Discorso precedente che la poesia italiana è poco atta a contribuire all'analisi e alla storia della lingua: inoltre molti ne trattarono e ne trattano giornalmente; mentre la critica degli scrittori in prosa rimane campo tuttavia poco esplorato. Eccettuati i versi amorosi e poche altre composizioni in rima, il Petrarca scrisse sempre in latino, fin anche le lettere a' suoi intimi amici. I soli saggi della sua prosa italiana che forse esistono al mondo sono due lettere; e il *fac simile* degli autografi è stato da poco in qua pubblicato in un volumetto di saggi sul Petrarca. L'essersi poi smarriti que' manoscritti per accidente fece dubitare se sì fatta preziosa curiosità di prosa italiana scritta dal Petrarca fosse stata invenzione, che somiglierebbe ne più nè meno a impostura. Fortunatamente le lettere originali furono ritrovate, e tornarono ad ornare la libreria di Hollandhouse, alla quale appartengono. Sembra che il Petrarca le scrivesse in fretta, e più intento a ciò ch'ei voleva significare a' suoi corrispondenti, che al modo migliore d'esprimersi. Pur sono bastantemente lunghe da lasciar conoscere ch'ei non pose mai studio veruno a ripulire il dialetto in guisa da potersene giovare con facilità e correzione. A dir vero, la dicitura di quelle lettere appena serba ombra di dialetto fiorentino, o di veruno altro particolare ad una città qualunque d'Italia; ed è appunto quella lingua itineraria di cui abbiamo fatto menzione nell'epoca precedente; e che prevale tuttavia in Italia con le mutazioni portate dagli anni; ed è lingua che tutti intendono a un modo, ogni uomo la parla diversamente, e niuno può scriverla mai nè bene nè male.

---

32   Ovidio, *Heroid.*, epist. 19.

Infatti il Petrarca non udì mai parlare nè il dialetto fiorentino, nè alcun altro della Toscana. Ben ei l'imparò da bambino da' suoi parenti ch'erano di Firenze. Ma egli nacque in esilio. E mentre cominciava a pronunziar le parole, andò pellegrinando co' suoi parenti che si domiciliarono in Francia; e però egli udiva e imparava tanti altri dialetti sino da quell'età, in cui l'orecchio e gli organi della pronunzia e la memoria raccolgono per forza di natura tutti i suoni e significati e inflessioni di voce; e non li perdono più. Nè poi da fanciullo fece suo studio che del latino; si rimase orfano giovinetto, e non udì più idioma di padre o di madre; e per grandissimo spazio della lunga sua vita dimorava or in città e in corte di papi francesi, or nella campagna d'Avignone fra contadini, or in casa de' Colonnesi, i quali, se parlavano alcun dialetto italiano, dovea essere il romanesco. Viaggiò stando a lunga dimora in più luoghi, fuorchè in Firenze. Ne fra' suoi famigliari, amanuensi ed amici domestici fu mai, che io sappia, un unico fiorentino; e co' letterati di Firenze carteggiò sempre in lingua latina. Come egli dalle reminiscenze del dialetto materno e da quanti n'udì, e da rimatori provenzali, siciliani e italiani stillasse, per così dire, una quintessenza di lingua poetica, è uno di que' misteri che si sogliono attribuire al genio, o in parole più chiare, all'organica costituzione de' poteri intellettuali dell'individuo. Così Mozart fu grande nella musica dalla sua fanciullezza, e così Pascal fu matematico prima dell'adolescenza e senza maestro veruno. Al genio del Petrarca al contrario bisognava lunghissimo tempo, cure infinite, pazienza incredibile a perfezionare la lingua delle sue poesie amorose. Le date, accennate chiaramente ne' suoi versi e registrate di sua mano ne' suoi autografi, palesano che la raccolta di que' versi fu scritta nel corso di trent'anni. Ogni stanza, ogni verso ed ogni parola furono ricorretti più volte, e riveduti in diversi intervalli di tempo. Da prima il Petrarca voleva bruciare tutti que' versi; poi si riconsigliò, e attese a perfezionargli. Ma la loro lingua è più dell'Autore che della nazione, e si potrebbe propriamente chiamare col nome di petrarchesca. Infiniti uomini di studio indefesso e d'ingegno si applicarono ad imitarla, e tutti senz'eccezione riescirono o mediocri verseggiatori, o scrittori ridicoli: e questa è la prova più convincente che la lingua di quelle poesie non può dare esempj, nè regole, perchè è fuor d'ogni esempio, d'ogni sistema e teoria di grammatiche. Non ebbero fortuna migliore gl'imitatori del Boccaccio, perchè, quantunque scrivessero in un genere di composizione più soggetta a metodo logico d'esprimere i pensieri, e più regolare a secondare le norme grammaticali, e soprattutto più accomodata alla intelligenza di tutti i lettori, pur nondimeno è lingua nella quale la materia assume forme tutte proprie dell'arte e del genio dello scrittore. La fortuna del *Decamerone* animò la gara di que' tanti novellatori a giornate, venuti a noia sin da' loro tempi; e poscia, per la rarità delle edizioni, apprezzati dagli intendenti di libri. Enrico Roscoe, figliuolo dello storico illustre, raccolse per serie d'anni alcune di quelle novelle; e traducendole con eleganza di stile schiettissimo, palesò che la ripuganza di leggerle in originale derivava per lo più dall'affettazione comune a molti di andar prosando come il Boccaccio.

Certo, se il Petrarca avesse dovuto spendere a scrivere in prosa italiana la decima parte delle fatiche ch'ei diede a' suoi versi, egli non avrebbe potuto scrivere tanto. Questa ragione contribuì, fra le molte altre, ad indurlo a comporre ogni sua cosa in latino; ma l'allettamento principale era la gloria allora ottenuta da' poeti latini, e appena conceduta dagl'italiani, nelle università e nelle corti de' principi. E nondimeno tutti sapevano poco o nulla intorno all'essenza e alla qualità della lingua latina. Coluccio Salutati era dottissimo, e in gran fama fra' letterati di quell'età; e pronunziò che il Boccaccio nelle sue poesie pastorali scritte in latino non era inferiore che al solo Petrarca, ma che il Petrarca era superiore – chi il crederebbe? – a Virgilio[33]. Erasmo per altro, critico d'altri tempi e d'altra mente, osservando la letteratura del secolo decimoquarto, scema alquanto le lodi date al Petrarca, e ne aggiunge al Boccaccio giudicandolo scrittore di latinità meno barbara.[34]

---

33   Colutius Salutatus, *Epist. ad Bocc.*

34   Ciceronianus.

Il danno che il Petrarca, per la troppa ambizione di scrivere in latino, recò alla sua lingua materna fu compensato da lui con l'infaticabile e generosa perseveranza a ridonare all'Europa gli avanzi più nobili dell'ingegno umano. Nè i monumenti dell'antichità, nè le serie delle medaglie, nè alcun manoscritto di romana letteratura fu trascurato da lui, ogni qual volta ei potè sperare di toglierlo alla dimenticanza e farlo trascrivere a moltiplicarne le copie. S'acquistò la gratitudine di tutta l'Europa, ed è tuttavia meritamente chiamato primo ristoratore della classica letteratura. Pur nondimeno al Boccaccio spetta non solo una porzione, ma la metà, a dir poco, di questa lode. Non ignoriamo che la nostra opinione sarà al primo tratto creduta paradosso avanzato per ambizione di novità; ma le prove, che anche brevissimamente possiamo darne, faranno invece meravigliare i nostri lettori della scarsa retribuzione che il Boccaccio ottenne fino ad oggi, malgrado i suoi giganteschi e felici tentativi a disperdere l'ignoranza del medio evo.

La mitologia allegorica, e quindi la teologia e la filosofia metafisica degli antichi, – gli aneddoti della storia di secoli più recenti, – e fino anche la geografia furono illustrate dal Boccaccio ne' suoi voluminosi trattati in latino; oggi poco letti, ma allora studiati da tutti come le prime e le migliori opere di solida erudizione. Il Petrarca non sapeva di greco; e quanto in quel secolo la Toscana e l'Italia conobbero degli autori di quella lingua era dovuto tutto al Boccaccio. Andò in Sicilia, dov'erano ancora alcuni avanzi d'un greco dialetto, e maestri che lo insegnavano; e poi ricorse a due precettori di maggior merito, Barlaamo e Leonzio. Sotto questi due studiò per più anni; e per Leonzio ottenne dalla repubblica di Firenze che si fondasse una cattedra di lingua greca. Senza il Boccaccio, i poemi d'Omero si sarebbero rimasti sconosciuti ancora per lungo tempo. La guerra di Troia si leggeva nel romanzo famoso sotto nome di *Storia di Guido delle Colonne*, dal quale derivarono poi tante altre pazze invenzioni ed erudizioni apocrife de' tempi Omerici, e diversi drammi simili al *Troilo e Cresside* di Shakespeare, e ne' quali non v'è un'unica circostanza che si possa riscontrare nell'*Iliade* e nell'*Odissea*. Aggiungasi a ciò che l'impresa domandava abbondanza di danaro posseduta dal Petrarca; e il Boccaccio non conobbe mai che angustie di fortuna e di vita. Vi supplì con laboriosissima industria, e si assoggettò al lavoro meccanico contrario all'indole del suo genio, e copiò i codici di sua mano. Leonardo Bruni, il quale era già nato innanzi che il Boccaccio morisse, vedendo tutta quella moltitudine di autori ed esemplari trascritti da lui, ne rimase maravigliato[35]. Benvenuto da Imola, che fu discepolo del Boccaccio, racconta a questo proposito un curioso aneddoto, che noi riferiremo, perchè non sappiamo che possa leggersi fuorchè nella grande collezione degli scrittori del medio evo del Muratori, ed è una di quelle opere inaccessibili alla più parte de' nostri lettori[36]. Arrivando il Boccaccio all'abbazia di Monte Cassino, celebrata per l'immenso numero de' manoscritti che vi giacevano sconosciuti, richiese umilmente d'essere introdotto nella biblioteca del Monastero. Un monaco rispondendogli asciuttamente «andate, sta aperta», gli additò un'altissima scala. Il buon Boccaccio trovò mutilati e laceri quanti libri apriva; e gemendo che tante fatiche de' grandi uomini dell'antichità fossero cadute in potere di sì tristi padroni, si partì lacrimando. Scendendo la scala incontrò un altro monaco, e gli richiese, «come mai que' libri fossero così tronchi?» – «noi delle pagine scritte in pergamena di que' volumi» rispose il monaco freddamente «facciamo coperte di libricciuoli di preghiere, e li vendiamo per due, tre, e talvolta anche per cinque soldi.» – Or va, conclude il discepolo del Boccaccio, va tu, povero letterato, a romperti il capo per comporre de' libri.

Tali erano gli ostacoli che quest'uomo benemerito ha dovuto superare a promovere col Petrarca la civilizzazione del suo secolo; ed era debito di tarda, ma religiosa giustizia il manifestare, che in questa parte la porzione di ricordanza riconoscente ch'ei s'aspettava da' posteri fu assegnata quasi tutta al suo più fortunato contemporaneo. Non concluderemo la nostra osservazione senza pagare un altro debito alla memoria del Boccaccio. La inverecondia delle Novelle, e la loro

---

35   Leonardo Aretino, *Vita del Petrarca,* in fine.
36   Benvenutus Imolensis apud Muratorium, *Script. Rer. Ital.*

tendenza morale non può nè giustificarsi, nè attenuarsi: ma tanti scrittori, che, segnatamente in Inghilterra, ripetono quasi di anno in anno la censura meritata dal Boccaccio, pare che non sappiamo come, quasi subito dopo che egli ebbe pubblicate le sue Novelle, se ne pentì. Pur troppo lo studio della lingua e dello stile fu pretesto a gratificare l'immaginazione de' lettori di fantasie, alle quali tutti propendono, e sono costretti a dissimularle; nè le Novelle del Boccaccio avrebbero predominato su la letteratura se fossero state più caste. L'arte di additare cose bramate e vietarle adula insieme ed irrita le passioni, e giova efficacemente a governare la coscienza e de' fanciulli e de' barbati e dei prudentissimi vecchi. Onde i Gesuiti non sì tosto s'insignorirono delle scuole d'Italia, adottarono quel libro, mutilato come avevano fatto de' poeti licenziosi latini; ma i passi mutilati sono i più desiderati appunto perchè mancano, e l'immaginazione della gioventù vi supplisce idee peggiori che non avrebbero forse trovato ne' libri, se fossero interi.

I Gesuiti, per adonestare l'uso ch'essi facevano del *Decamerone* ne' loro collegi, indussero per avventura il Bellarmino a giustificare nelle sue controversie le intenzioni dell'autore. Fors'anche interpolarono quegli argomenti, come altri parecchi, nelle edizioni del Bellarmino, ogni qualvolta le sue dottrine non si uniformavano agli interessi dell'Istituto[37]. Inoltre è probabile che favorissero un libro famoso per le invettive contro alle regole claustrali, e scritto assai prima ch'essi nascessero ad occupare la giurisdizione di tutte. Anzi, il Bellarmino perdonò meno assai che il Boccaccio alla fama delle vecchie congregazioni; e benchè altri, a difenderle, chiami quel suo *Gemitus Columbae* aprocrifo, fu stampato a ogni modo mentr'ei vivea, fra l'opere sue. Ma quanto al Boccaccio, egli innanzi di morire aveva fatto ammenda del suo poco riguardo a' costumi. Sentì che gli uomini lo credeano reo, ed espiò le Novelle con pena più grave forse che non era la colpa; e direste che le scrivesse indotto dal predominio d'una donna, forse quella ch'ei poco prima rinnegò, diffamandola nel *Laberinto d'Amore*. Comunque si fosse, scongiurava i padri di famiglia a non permettere il *Decamerone* a chi non aveva per anche perduto la verecondia. «Non lasciate leggere quel libro; e se pur è vero che voi per amor mio piangete nelle mie afflizioni, abbiate pietà, non foss'altro, dell'onor mio.»

Inoltre con rimorsi di coscienza, che fanno più onore alla probità della sua vita che alla forza della sua mente, fece ammenda anche a' frati e alle loro superstizioni ch'egli aveva derise. Niuno forse, dopo Aristofane, ricavò tanto amaramente il ridicolo dalla sfacciataggine dei predicatori ignoranti, e dalla credulità d'ignoranti ascoltatori, quanto il Boccaccio con le Novelle, dove si mostra implacabile a' frati. In una d'esse introduce uno di que' vagabondi a vantarsi dal pulpito d'avere pellegrinato in tutti i paesi che sono e non sono nel globo terraqueo a trovar reliquie di Santi, e farle adorare per danari al popolo nelle chiese. E nondimeno il Boccaccio, morendo, diceva d'aver da gran tempo cercato per sante reliquie in diverse parti del mondo, – e le lasciava alla devozione del popolo in un convento di frati. Quella sua volontà trovasi scritta in un testamento in italiano tutto di suo pugno, e in un altro in latino fatto molti anni dopo da un notaio, e approvato e sottoscritto dal Boccaccio poco prima ch'egli morisse. E in tutti e due i testamenti lasciò ogni suo libro e manoscritto al suo confessore, e al convento di Santo Spirito, perchè i frati preghino Dio per l'anima sua, e i suoi concittadini potessero leggerli e copiarli per loro ammaestramento. È dunque più che probabile che fra que' libri non vi fosse copia veruna del *Decamerone*; e dal seguente aneddoto, che rimase quasi ignoto perchè è da desumersi da libri che pochissimi leggono, apparirà che l'originale manoscritto delle Novelle fu distrutto lungo tempo innanzi dall'Autore; e infatti non è stato mai possibile di trovarlo.

Verso la fine dell'età sua, la povertà, che è più grave nella vecchiaia, e lo stato turbolento di Firenze gli fecero rincrescere la vita sociale, e rifuggiva alla solitudine; ed allora l'anima sua generosa ed amabile era invilita e intristita da' terrori della religione. Vivevano a que' dì due Sanesi

---

37   Fuligattus, in *Vita Bellarmini*.

che poi furono venerati sopra gli altari. L'un d'essi era letterato e monaco Certosino, e lo trovi citato dal Fabricio *Sanctus Petrus Petronus.* L'altro era Giovanni Colombini che fondò un altro ordine di frati, e scrisse la vita di San Pietro Petroni per divina ispirazione. I Bollandisti allegano che il manoscritto del nuovo Santo, smarritosi per due secoli e mezzo, capitò miracolosamente alle mani d'un Certosino che lo tradusse dall'italiano in latino, e nel 1619 lo dedicò a un Cardinale de' Medici. Forse il Colombini non ha mai scritto; e il biografo de' Santi nel secolo XVII ricavò le notizie de' miracoli, registrati nelle cronache e nelle altre memorie del XIV; e, per esagerare la conversione miracolosa del Boccaccio, pervertì una lettera del Petrarca che nelle sue opere latine ha per titolo: *De vaticinio morientium.* Il Beato Petroni morendo aveva infatti commesso, verso l'anno 1360, a un frate d'intimare al Boccaccio che lasciasse da parte gli studj, e s'apparecchiasse alla morte; e il Boccaccio ne scrisse atterrito al Petrarca, il quale rispose: «Fratel mio, la tua lettera m'ha riempiuto la mente d'orribili fantasie, ed io leggevala combattuto e da grande stupore e da grande afflizione. Or come poteva io senz'occhi piangenti vederti piangere e ricordare la tua prossima morte, mentre che io non bene informato del fatto, attendeva ansiosissimo alle tue parole? Ma oramai che ho scoperta la cagione de' tuoi terrori, e ci ho pensato un po' sopra, non ho più nè malinconia, nè stupore. – Tu scrivi come un non so chi Pietro di Siena, celebre per religione, ed anche per miracoli, predisse a noi due molte sorti future; e per fede della verità ti mandò a significare alcune cose passate che tu ed io abbiamo tenute secrete ad ogni uomo; ed egli, che non ci ha mai conosciuti, nè fu mai conosciuto da noi, pur le sapeva, come s'ei ci avesse veduto nell'anima. Gran cosa è questa, purchè sia vera. Ma l'arte di adonestare le imposture col velo della religione e della santimonia, è frequentissima e antica. Coloro che l'usano esplorano l'età, l'aspetto, gli occhi, i costumi dell'uomo; le sue giornaliere consuetudini, gli studj, i moti, lo stare, il sedere, la voce, il discorso, e più ch'altro le intenzioni e gli affetti; e derivano vaticinj ascritti ad inspirazione divina. Or s'ei morendo ti predisse la morte, anche Ettore in altri tempi la predisse morendo ad Achille; e l'Orode virgiliano a Mesenzio; e il Cheramene di Cicerone ad Erizia; e Calano ad Alessandro; e Possidonio, l'illustre filosofo, morendo nominò sei de' suoi coetanei presti a seguirlo sotterra, e chi morrebbe prima e chi dopo. Non importa il disputare per ora intorno alla verità ed all'origine di simili profezie; nè a te, quando pur anche codesto tuo spaventatore (*terrificator hic tuus*) ti pronosticasse il vero, importa l'affliggerti. – Che? se costui non tel mandava a far sapere, avresti tu forse ignorato che non t'avanza molto spazio di vita? e s'anche tu fossi giovane, la morte non guarda ad età.» Ma nè questo, nè tutti gli altri argomenti della lettera del Petrarca, che è lunghissima, nè l'eloquenza con la quale egli congiunge i conforti della religione cristiana alla civile filosofia degli antichi, hanno potuto liberare l'amico suo da' terrori superstiziosi. Il Boccaccio sopravvisse più di dodici anni al prognostico; e quanto più invecchiava, tanto più sentiva germogliare nel suo cuore a guisa di spine i semi sparsivi dalla nonna e dalla balia. Morì nel 1375 d'anni sessantadue, e non più che dodici o quattordici mesi dopo il Petrarca. Nè pure il Petrarca guardava sempre in faccia la morte con occhio tranquillo. Tale era il carattere di que' tempi, e tale, sotto diverse apparenze, sarà perpetuamente la natura degli uomini.

DISCORSO QUINTO

EPOCA QUINTA

DALL'ANNO 1400 AL 1500

La natura e lo scopo di un'opera periodica, e specialmente della nostra, preclude l'adito ad adempiere tutte le intenzioni che avevamo nel prendere a dettare questi Discorsi. L'epoche delle vicissitudini della lingua italiana furono distribuite nella nostra mente per mezzi secoli. Così dal 1100 fino al 1800 essi dovevano riescire quattordici. Se non che poscia abbiamo ragionevolmente temuto, che, quantunque tanto numero di scritti su lo stesso soggetto potrebbe forse non riuscire ingrato ad alcuni, tuttavia i più de' lettori bramino che l'istruzione non sia scompagnata dalla varietà. Perciò, a fine di compiacere ai pochi che s'interessano di proposito deliberato in un soggetto particolare, e a' molti ai quali importa solo d'averne un'idea generale, ci siamo studiati di limitare il numero de' nostri articoli, ma di tal guisa da includervi tutta la lunga età delle tre prime illustri generazioni della famiglia de' Medici, da Cosimo Padre della Patria fino alla morte di Lorenzo il Magnifico. Inoltre proseguiremo sino all'epoca di Torquato Tasso e Galileo e Fra Paolo Sarpi. Dopo il Tasso la poesia italiana perdè il suo splendore, e non lo riebbe se non verso la fine del secolo XVIII. Galileo fu il ristoratore della filosofia e il precursore di Newton; e niuno più sorse in Italia che gli fosse maggiore, nè eguale. Fra Paolo fu il più coraggioso e insieme il più fortunato campione della libertà delle chiese cristiane, e della indipendenza de' principi contro le tiranniche usurpazioni dell'autorità temporale de' papi. Tutti e tre furono nel loro genere grandi scrittori, trattando soggetti al tutto diversi fra loro; onde promossero a nuovi e grandi progressi la lingua italiana, le vicissitudini della quale formano il principale soggetto delle nostre ricerche.

Nè la lingua nè la letteratura italiana hanno molto da gloriarsi o da insegnare nell'età che successe a questi tre grandi uomini. Lo stesso si potrebbe dire di gran parte del secolo decimottavo, purchè si eccettuino le gigantesche imprese degli antiquarj e degli autori di critica storica, tra' quali il Muratori tiene degnamente il primo luogo. Ma i loro libri servirono piuttosto alla solida erudizione che alla poesia, alla eloquenza e alla lingua. Lo stile più caldo e la composizione meglio ordinata degli storici Inglesi, Francesi e Tedeschi hanno oggimai fatto conoscere all'Europa la sostanza di que' volumi laboriosissimi; e Sismondi, dopo Gibbon, se ne sono serviti in guisa da comporne storie degne di rinomanza, e consacrarle all'istruzione d'ogni lettore. Bensì negli ultimi venticinque anni del secolo decimottavo fiorirono poeti in Italia che ristorarono la lingua alla sua naturale dignità, e la poesia all'antica sua gloria. L'avevano perduta sotto le accademie e le scuole fratesche, da che la tirannide spagnuola, che predominò fin anche con la sua letteratura in Italia, e il contagio delle sottigliezze, de' concetti e degli arzigogoli metafisici si diffuse fino al settentrione, e guastò le composizioni de' poeti inglesi dall'epoca de' tre Stuardi. Ad ogni modo, i nomi, le opere e i meriti, fin anche il personale carattere de' moderni scrittori più celebrati in Italia e più vicini a' nostri giorni, sono sufficientemente conosciuti in Inghilterra per le narrazioni di viaggiatori viventi, e per le osservazioni giornaliere di moltissimi critici ne' giornali periodici. Onde a noi appena resterebbe da spigolare alcuna notizia che non sia già stata scritta, illustrata e ripetuta giornalmente fino a questo momento. Così, essendo omessi da noi i due secoli men importanti per sè stessi, e già conosciuti in ciò che meritano d'esserlo, le nostre epoche di quattordici si ridurrebbero a dieci. Ma per diminuire quanto è in nostro potere anche questo numero, abbiamo condensato la materia in guisa che i Discorsi non oltrepassino sei. Però questa quinta epoca, invece de' cinquant'anni assegnati a ciascuna delle precedenti, percorrerà tutto l'intervallo di tempo dalla morte del Petrarca e del Boccaccio, e arriverà non molto lontana dall'era letteraria di Leone X. Quindi nel Discorso che seguirà immediatamente, e sarà l'ultimo, saranno osservate, e crediamo per la prima volta, le guise con le quali la politica servitù si maturò, accompagnata dalla servitù della letteratura in Italia.

Subito dopo la morte del Boccaccio, la lingua italiana disparve ad un tratto, non solo dalle altre provincie e città, ma anche dal mezzo della città di Firenze; e non cominciò a riapparire se non dopo il corso di cent'anni e più, a' giorni di Lorenzo de' Medici. Non vi fu libro di prosa scritto nè con eloquenza, nè con eleganza, e neppure con ordinaria correzione di stile, o con proprietà di parole. Non vi furono versi nè rime che meritassero non che il nome di poesia, ma neppure d'essere ricordati. Alcune eccezioni potrebbero addursi, ma consistono presso che tutte non tanto nella positiva eccellenza, bensì nel povero merito di avere scansati i difetti comuni ad ogni uomo in quel lungo periodo di tempo. Leonardo Aretino, in quel pochissimo che scrisse in prosa italiana, e Giusto de' Conti rimatore romano, nella sua raccolta di Sonetti e di Canzoni ch'ei chiamava *La Bella Mano*, sono men barbari de' loro contemporanei, e non ridondano di solecismi. Ma la naturale proprietà delle parole, gl'idiotismi ingentiliti, la giuntura grammaticale che abbiamo rilevato negli scrittori del secolo precedente, e fin anche ne' ricordi degli artigiani e ne' libri de' conti di bottegai, si cercano invano. L'unico libro che ricorda la dicitura delle generazioni sepolte fu composto in forma di dialogo dal Pandolfini gentiluomo Fiorentino, ed è intitolato *Del Governo della Famiglia*. Infatti è opera d'un padre che non parla con personaggi finti, bensì co' suoi figliuoli, ed a' quali con la sua propria esperienza insegna cose che pochissimi libri dichiarano, e delle quali pur nondimeno l'esistenza dell'uomo è circondata dì e notte, perchè sono bisogni perpetui, benchè triviali; minimi, e nondimeno imperiosi; e noiosissimi e insieme funesti a chi li trascura. Così la verità prodotta dall'esperienza, e i consigli usciti dal cuore paterno che riempiono quell'operetta, compenserebbero la poca eleganza dello stile. Ma il Pandolfini era anche scrittore puro, grazioso e lontanissimo del pari dall'affettazione di brevità e dalla verbosità più comune degli autori di dialoghi didattici in tutte le lingue. Forse, senza le qualità esteriori della composizione, il merito intrinseco de' precetti non sarebbe stato mai ricordato. Del resto, i buoni consigli de' libri servono piuttosto alla storia delle opinioni umane, che alla direzione pratica della vita. Bensì in quel libretto del Pandolfini si trovano le traccie di molti usi privati, che giovano a lasciar distinguere il carattere degli abitatori d'una piccola repubblica, i quali ordinavano la loro economia domestica in maniera da spendere in un anno meno danaro che non bastava a un feudatario negli altri paesi per la sua spesa d'un mese. E per mezzo di tanta frugalità edificavano palazzi oggi abitati da' loro posteri, e pubblici monumenti che saranno ammirati ancora per molti secoli; si costituivano banchieri di tutta l'Europa, e tesorieri de' regni, e maritavano le loro figliuole in case di principi.

Quanto alla perdita subitanea della lingua letteraria, questo singolarissimo avvenimento viene attribuito primamente alla corruzione del dialetto fiorentino; – in secondo luogo alla mancanza assoluta di principj e metodi preordinati dalla grammatica; – finalmente al costume di scrivere tutte le opere dotte in latino. La prima cagione è impossibile ad accertarsi; la seconda è falsa del tutto; la terza è la vera: non però sola poteva operare cambiamento sì subitaneo; e non è quindi sufficiente a spiegarlo.

Or quanto alla corruzione del dialetto fiorentino. come mai sappiam noi, e come sapevano nel secolo XV i figliuoli e nepoti de' Fiorentini in che modo particolare parlassero i loro padri e i loro avi? Che il Villani, il più idiomatico fra gli scrittori Fiorentini, e il Boccaccio, che gli fu posteriore ed è il più ornato di tutti, scrivessero il lor dialetto alterandolo, l'abbiamo dianzi provato in guisa da non potersi revocare in dubbio. Taluno de' loro contemporanei l'alteravano forse assai meno; ma anche quelli che lo scrissero semplicissimamente lasciano indizj che non lo scrivevano puntualmente come lo parlavano. Le parole, e quindi tutte le lingue parlate dipendono dalla pronunzia; e la rappresentazione de' suoni della pronunzia non può essere conosciuta da' posteri che per l'aiuto de' segni dell'alfabeto, e quindi per mezzo dell'ortografia. Or l'ortografia in tutti i manoscritti di quel secolo è incostante in guisa, che la stessa parola, anche nelle copie più esatte del

Boccaccio, è scritta in due, e spesso in tre modi diversi. Adunque, non potendosi avverare in quale di que' tre modi pronunziassero, la sola induzione che possiam ricavarne si è, che i suoni delle parole, e quindi la pronunzia, e, per necessaria conseguenza, il dialetto si mutassero più e più giornalmente.

Tale è invariabilmente il corso di tutti i dialetti più parlati che scritti; così che, se i bisnipoti conversassero con le ombre de' loro antenati in qualunque città della terra, userebbero della stessa materia di lingua, ma con pronunzia così cambiata che penerebbero a intendersi fra di loro. La differenza de' dialetti cagionata dalla diversa pronunzia d'una stessa lingua in ragione della distanza delle provincie, di uno stesso regno, succede quasi ad un modo nella stessa città, in ragione della distanza del tempo. V'è nella natura d'ogni cosa dell'universo un corso insensibile, uniforme e inevitabile; e ciò apparisce ogni qual volta gli oggetti possono soggiacere all'esame de' nostri sensi. Alcune lingue hanno gli stessi segni alfabetici in tutti i secoli; e nondimeno le forme dell'alfabeto si mutano in ogni secolo in guisa, che le loro varietà bastano agli uomini pratichi a distinguere senza data e senza indicazione veruna le carte scritte in ogni secolo; e s'ingannano raramente. La peculiarità che si vede nella scrittura d'ogni individuo, sì che riesce difficile ad imitarsi, appartiene egualmente alla scrittura d'ogni secolo, anzi d'ogni generazione. E nondimeno l'occhio e la mano d'ogni generazione seguono precisamente gli stessi segni alfabetici tracciati da' padri e dagli avi. Or chi non sa che l'occhio è più fedele imitatore, che non è l'orecchio? e che i segni tracciati su la carta sono più permanenti de' suoni che volano per la bocca del popolo? e che la pronunzia, e quindi la lingua parlata, si muta, si corrompe e migliora e si trasforma in mille maniere più prestamente della lingua scritta?

Se non che ogni illusione de' dotti intorno a questo punto deriva unicamente dal poco accorgersi, che ogni uomo può vedere da sè stesso e distinguere l'alfabeto delle stesse forme e delle stesse parole scritto con varietà distinte di tempo in tempo; ma che niuna erudizione, niun metodo, niun principio metafisico (se pur non fosse divina ispirazione) potrà mai dare la medesima certezza di fatto intorno alla pronunzia. Chi può mai udire le modulazioni e le articolazioni della voce de' morti, sepolti da cento, dugento, mille, duemila anni addietro? E nondimeno i nostri professori delle università – e in grazia di essi principalmente abbiamo creduto prezzo dell'opera di procedere in questo ragionamento – vanno sillogizzando ad accertare come pronunziassero Omero e Saffo i loro versi. Quindi si vanno celebrando regole d'università; quindi a' versi de' Greci sono innestate, quasi puntelli, certe nuove lettere greche antiche, tanto che niun autore greco se ne ricorda. Quindi parole, versi, stanze intere sono torturate, rifatte. Può darsi che manifatturate riescano bellissima poesia; ma non è greca, ma bensì d'Inglesi e Teutoni grecizzanti.

Vero è che allegano l'autorità delle sillabe lunghe e brevi, e le leggi del metro. Certo sono leggi notissime, assolute, e invariabili; ma dipendevano dalla pronunzia, la quale faceva parere coerente alle regole nella bocca degli antichi ciò che nella nostra pare eccezione, o adulterazione di critici e grammatici posteriori a' poeti. E chi sa quanto guasto anche que' dottissimi professori avranno fatto! Tuttavia erano più modesti de' nostri. Clarke, a riconciliare tutto ciò che a noi pare eccezione ed incoerenza, e assoggettarlo a un'ipotesi generale, combinò un sistema ingegnosissimo e men ambizioso degli altri. Ma l'ipotesi riesce debole, perchè non s'accomoda a tutti i casi. Pur a Clarke bastò un sistema, e non cangiò nè parole, nè lettere d'alfabeto. Ciò che altri ha poi fatto, non è di questo luogo il parlarne. Ma, a ridurre tutte le loro ragioni sotto un'osservazione generale, concluderemo: che il metro e le lunghe e le brevi degli antichi, e tutte le loro leggi, erano dipendenti assolutamente dalla pronunzia, la quale nè poeta veruno potrebbe insegnare a' popoli, nè potere umano potrebbe costringerli ad adottarla. La ricevevano dalla natura co' loro organi dell'orecchio e della voce, la stabilivano con perpetua abitudine; e quindi si derivarono le leggi per forze secretissime, naturali ed inevitabili: però le lunghe e le brevi erano conosciutissime per la misura inerente nella pronunzia popolare. Ma il volere oggi trovare come pronunziassero gl'Ionii, gli Attici e gli Eolii è pazzia; dotta, innocente e gaia, – ma è pazzia. Fors'anche la nostra ostinazione a contradire gli uomini dotti non è impresa troppo savia. Adunque, lasciando che ognuno si goda la sua Elena, a noi pare partito migliore di adattare alla meglio la nostra pronunzia del greco alle leggi conosciute del metro, in guisa da non alterare e traslocare e trasformare le parole e l'alfabeto ne' testi. Ma nel tempo stesso sentiamo la tristissima convinzione che, in qualunque modo leggeremo il greco, noi lo guasteremo a ogni modo co' nostri organi nati ed educati a' suoni delle nostre lingue moderne, le quali tutte, senza eccettuarne l'italiana, a chi le paragona all'armonia della lingua greca, sembreranno chitarre che vogliono gareggiare con un gravicembalo.

Per altro, dall'esempio d'alcune lingue moderne non è difficile il congetturare, e ciò senza troppa erudizione, che anche la greca deve essere soggiaciuta a molte alterazioni di pronunzia; e che molte delle sue lettere scritte da principio, perchè erano pronunziate, continuarono poscia a scriversi e a non pronunziarsi. Tale fu anche la condizione della francese, e dell'inglese; così che oggimai quest'ultima non ha propriamente alfabeto, bensì segni ortografici incostantissimi che producono or un suono or un altro. Nondimeno e la lingua greca e le due moderne ebbero il vantaggio d'essere parlate ad un tempo e letterarie, con poca diversità. La Italiana, come abbiamo osservato, preservò sino ad oggi i segni tutti quanti dell'alfabeto fedelissimi a' medesimi suoni. Procede senza elidere le articolazioni delle consonanti segnate negli scritti, senza abbandonare le vocali, e senza strozzare, fuorchè in rarissimi casi, due lettere in un solo dittongo. Ma comperò questo vantaggio col danno d'essere lingua scritta e non mai parlata.

Pur il dialetto fiorentino, anche al tempo di Dante, del Petrarca e del Boccaccio, e che da' grammatici italiani è nominato il Buon Secolo, dipendeva dalla pronunzia. V'è tutta l'apparenza che fosse allora parlato men male, e vi fu per avventura un periodo che anche il volgo lo parlava correttamente; ma deve essere stato periodo brevissimo: e chi volesse andare cercando la sua data, s'avvilupperebbe in intricatissime congetture. Questo è certo, che la lingua degli scrittori fiorentini e di tutti gli Italiani dipendeva allora e poi fino ad oggi, e sempre in avvenire dipenderà, dal dialetto fiorentino in quanto si spetta alla nativa proprietà ed energia di vocaboli popolari ed idiotismi di frasi, che riescono di effetto mirabile, purchè siano prescelti da chi ha l'arte d'ingentilirli in modo che non sentano punto il dialetto.

La seconda ragione, cioè la mancanza di regole certe grammaticali, giova poco o nulla a spiegare il fenomeno della corruzione improvvisa della lingua letteraria in Italia. La storia – trista insieme e ridicola, ma a nostro credere curiosissima a raccontarsi, da che rimanesi tuttavia mal conosciuta, – la storia dell'Accademia della Crusca convincerà anche gl'increduli, che sarebbe stata gran fortuna alla letteratura di quella nazione, se si fatte regole d'accademie, di critici, e di grammatici non fossero state mai neppur nominate. Del resto, nell'epoca passata abbiamo veduto che tutti scrivevano con abbondanza, con eleganza e con correzione, e non avevano grammatiche, fuorchè quella della lingua latina; e non era inutile, perchè insegnava il processo logico della lingua italiana. Con la grammatica latina furono educati i figliuoli di quelli che scrivevano correttamente; e i figliuoli avevano conversato nello stesso dialetto co' loro padri. Or se i figliuoli con la stessa educazione grammaticale e con lo stesso dialetto non potevano scrivere senza barbarismi e spropositi, la mancanza di regole grammaticali non poteva di certo esserne la cagione.

L'uso e l'ambizione universale di scrivere ogni opera importante in latino fu senza alcun dubbio un'origine antica e lunghissima della miseria della lingua nazionale d'Italia. Nè questo sarebbe avvenuto sì subitamente, se la lingua italiana fosse stata parlata; pure, benchè fosse intesa dal popolo più che la latina, la lingua nuova era nè più nè meno letteraria come l'antica: ma con questa differenza: che mentre la nuova era meno difficile all'intelligenza del popolo, l'antica era più facile alla penna de' dotti. Quindi si trova, fra le altre singolarissime cose, che fin anche i commenti a spiegare il poema di Dante scritti da principio in italiano, erano poco dopo tradotti in latino; e che i professori nelle cattedre dichiarando da critici un poema che non ha veruna sembianza a' poeti romani, si servivano ad ogni modo della lingua latina. Anzi, fra quanti vecchi codici si vanno scoprendo più sempre di quel poema, le postille interlineari e marginali sono tutte latine.

Ma qui pure emergono a un tratto contradizioni, per le quali i ragionamenti non possono mai venire a conclusione sicura. Abbiamo veduto che il Petrarca e il Boccaccio, per tacere di altri molti, studiarono per tutta la loro vita la lingua latina, nella quale scrissero le loro opere più importanti e di maggior volume. E nondimeno chi più del Petrarca trovò l'eleganza, il calore, la rapidità e l'armonia della lingua ne' versi? Chi più del Boccaccio nella prosa? Molto certo dipendeva dalla onnipotenza del genio; ma il genio nasce, come nascono gli uomini, in ogni secolo; l'uso lo rinvigorisce e lo fa risplendere come acciajo di coltello continuamente adoprato; il disuso lo irrugginisce e lo confonde con la brutta materia del ferro. Bensì le circostanze de' tempi, derivanti dalle vicissitudini politiche delle nazioni, o promovono, o impediscono, o dirigono i lavori del genio; e talvolta l'occupano in cose, le quali per loro natura producono sterile premio; e lo disviano da altre che gli preparavano gloria maggiore.

Sin da principio del secolo che ora osserviamo, l'Italia cominciava a quietarsi. Le fazioni de' Guelfi e de' Ghibellini erano o spente del tutto, o semivive. Le città signoreggiate da piccoli e mutabili tirannetti indipendenti, o costituite in repubbliche turbolente ed efimere, si erano già incorporate ne' dominj de' loro vicini più forti. I papi, istigatori e stromenti della Francia, avevano lasciato Avignone e ristabilita la loro sede in Italia. Gli imperadori germanici, serbando il titolo di Re de' Romani e il diritto di sovrani feudali di tutta l'Italia, non vi comparivano più. La dinastia francese non regnava più a Napoli; e v'erano tornati i discendenti della Casa d'Aragona, che da quasi due secoli continuavano a governare la Sicilia, ed erano razza italiana. Ladislao re di Napoli, e Gian Galeazzo Visconti avrebbero forse potuto, come aspiravano, impadronirsi di tutta, o di gran parte della Penisola per cominciare a formare, non foss'altro, due forti regni. Ma il re di Napoli, mentre veniva vincitore dal mezzogiorno nel centro della Toscana, e il Visconti dal nord, l'uno e l'altro morirono.

Così nel secolo decimoquinto l'Italia si rimase divisa in diversi Stati, nè troppo deboli da essere facilmente conquistati, nè troppo forti da offendere gli altri impunemente. I papi predominavano sovra tutti i governi italiani, ma più in virtù del loro nome di Vicario di Cristo, che per le vittorie del Dio degli eserciti; e le loro scomuniche, benchè temute per le minacce de' danni dell'altro mondo, non avevano più forza in questo da sommovere i popoli contro i loro principi naturali, nè riunire le armi di Europa a guerreggiare nelle Crociate. Talvolta alcuni pontefici si procacciavano alleati e soldati da ridurre di nuovo sotto il dominio temporale della Chiesa alcune città che vi s'erano sottratte; ed Eugenio IV fu uomo di sangue. Ma non discendevano dalle Alpi nè i Francesi, nè i Tedeschi; e quelle guerrucce civili non disturbavano tutto il resto d'Italia. Frattanto alcuni altri papi, e Niccolò V e Pio II più che gli altri, attendevano virilmente a propagare le lettere, e restituire a Roma le opere degli antichi scrittori; a illustrare i monumenti innalzati dagli imperadori padroni del mondo; a ristorare gli edifizj pubblici, e consolidare la religione. Allora molta parte della vita e delle opere degli uomini dotti, specialmente ecclesiastici, spendevansi ne' Concilj Ecumenici, frequenti e prolungati in quell'epoca; ma che non riuscirono nè a persuadere con argomenti la Chiesa Greca a riconoscere la preeminenza assoluta del Vescovo di Roma, nè a convincere, per mezzo di roghi, i primi riformatori tedeschi della infallibilità della Chiesa Romana.

Gli studj dunque essendo tutti rivolti assiduamente all'antichità, all'erudizione e alla teologia, non è meraviglia che i libri intorno a soggetti che si riferivano alla storia, a' costumi, alle arti e alla letteratura degli antichi Romani, e alla dottrina de' Santi Padri fossero tutti scritti in latino. S'aggiungeva la maggior diffusione del commercio di tutti i prodotti della mente umana fra dotti di tutta l'Europa. Niuna nazione aveva lingua letteraria, e tutte ne avevano una comune nella latina. Il popolo d'ogni regno e paese continuava a vivere nell'ignoranza; bensì v'era un popolo europeo composto di letterati che, per quanto lontani vivessero, pure scrivevano gli uni per gli altri; e i libri giravano in un circolo composto di lettori, che per lo più erano autori.

Non però la nazione italiana mancava assolutamente d'una lingua comune, corrente e vivissima in tutte le sue provincie, intesa da Torino sino a Napoli, scorretta, deforme; ed era anche un po' letteraria, ma di quella letteratura plebea la quale non sopravvive alla seconda generazione. Abbiamo nella prima epoca, parlando de' dialetti romanzi, osservato che, per quanto i modi di parlare di un grandissimo tratto di terra divisa in molte provincie sieno diversi ed innumerabili, esiste sempre una lingua comune, con la quale gli abitatori d'una provincia intendono quei delle altre. Sì fatta lingua comune è più o meno povera, secondo il meno o più di commercio che le diverse provincie hanno fra loro; ed è più o meno mutabile secondo la lunga o precaria stabilità de' governi. Sì fatta lingua ad ogni modo non è mai ricca, nè permanente, perchè dipende assolutamente dalle vicissitudini di tutte le lingue parlate, e dai cambiamenti de' costumi e delle idee che sono operati dalle vicissitudini politiche. Gli scrittori non la tramandano ne' loro libri alla memoria delle generazioni seguenti; onde non serba mai traccie del suo stato anteriore. Questa specie di lingua comune, diversa in tutto da' dialetti provinciali e municipali, e che serba alcune qualità bastarde di tutte, fu indicata da noi sotto i nomi talora d'itineraria, e talora di mercantile. È, come tutte le altre, una lingua suggerita naturalmente dai bisogni dell'uomo, e perciò facilissimamente creata; e potrebbe anche chiamarsi lingua d'espediente: ma è alterata e spesso distrutta con la stessa facilità. Ne troviamo tuttavia una che sussiste da lungo tempo in forme bizzarre, ma non dissimili fra di loro, in tutte le coste del Mediterraneo sino a Costantinopoli, sotto il nome di lingua franca; e per essa i mercanti d'ogni religione e nazione s'intendono nelle fiere, alle quali concorrono a commerciare. Ogni viaggiatore in que' paesi la parla, perchè è costretto a parlarla; la impara facilmente, perchè consiste di parole necessarie a' bisogni giornalieri e comunissimi della vita; e appena cessa il bisogno di spiegare le stesse idee con quelle parole, la lingua itineraria viene dimenticata ad un tratto.

Doveva dunque una lingua comune di questa specie esistere in Italia anche nel medio evo; e partecipò altresì di apparenze di letteratura, dopo che fu diffusa perpetuamente da' frati di San Domenico e di San Francesco, che vagavano di città in città predicando in tutte le chiese e su per le piazze. E certo a' frati spetta una parte del merito d'avere fino d'allora ampliati gli strettissimi confini della lingua comune, d'averla applicata a soggetti non volgari, ed avvezzata la plebe d'ogni città italiana ad intenderla ed a credere che, oltre i loro gerghi municipali, esisteva una lingua nazionale. Aggiungevasi un'altra specie di ciurmadori più modesti e più gaj, che involontariamente anch'essi andavano al medesimo scopo. Erano i novellatori e narratori delle lunghe storie miracolose di Carlo Magno, celebrate sino dal secolo undecimo in leggende d'ogni maniera, e soprattutto dal romanzo attribuito all'arcivescovo Turpino, e che allora passava per autentico. Tutte le meraviglie ch'oggi leggiamo ne romanzi e poemi che hanno per soggetto i Paladini erano allora raccontate al popolo dai novellatori; e quest'uso rimase in alcune città, e specialmente in Venezia e in Napoli sino a questi ultimi anni. Chiunque non sapeva leggere si raccoglieva quasi ogni sera d'estate intorno al novellatore su la riva del mare, ascoltando con attenzione. Ora i novellatori essendo anch'essi per lo più itineranti nel medio evo, propagavano la lingua comune arricchita delle parole necessarie a descrivere dame, cavalieri erranti, guerre e imprese di giganti e di fiere, palazzi reali e incantati; e aprendo alla immaginazione del popolo nuovi mondi, lo accostumavano a una lingua meno volgare.

Poi nel secolo decimoquinto, mentre la lingua corretta, nobile ed elegante si guastò d'improvviso, i novellatori di Carlo Magno si divisero in due classi. Gli uni continuavano a divertire le loro assemblee su le strade. Gli altri a scrivere quelle meraviglie in rima, e farne poemi lunghissimi, interminabili, che non tardarono ad essere cantati in versi, spiegati in prosa, e commentati al volgo in lingua italiana itineraria, come i dotti commentavano in latino dalle lor cattedre la *Divina Commedia* di Dante. A noi, che appena udiamo d'ora in ora i titoli di que' poemi, pare impossibile che possano avere realmente esistito in sì gran numero, celebri di tanta popolarità, e giacersi oggi al tutto dimenticati. Ma tale è la magia dello stile e della beltà della lingua. L'Ariosto poscia non raccontò che le meraviglie celebrate da que' novellatori plebei, e ricantate in que' barbari poemi; ma scrisse in guisa da lasciare alla posterità modelli di dizione mirabile, e che vive immortale. Il Bojardo, cinquant'anni innanzi a lui e appunto verso la fine dell'epoca di cui parliamo, era dotato di fantasia creatrice anche più dell'Ariosto; però l'Ariosto continuò nel suo *Orlando Furioso* le storie descritte nell'*Orlando Innamorato* del Bojardo, e v'introdusse i medesimi personaggi.

Ma nè la grande originalità d'invenzione, nè la popolarità del primo *Orlando* che servì di modello giovarono a contrastare un unico grado dell'immensa preminenza che il secondo *Orlando* ottenne per la divinità del suo stile. Quindi molti si provarono a tradurre in bella lingua letteraria le stanze del Bojardo; e niuno vi riuscì fuori che il Berni, il quale per quel suo *rifacimento* meritò d'essere, per le qualità del suo stile, collocato prossimo, se non al fianco, all'Ariosto. Nacque Fiorentino; non però s'innamorò del suo dialetto nativo in guisa da affettarne tutte le peculiarità; ed ei le sfuggiva, chiamandole vecchie lascivie. Le grazie di altri scrittori sono lodate a cielo, perchè sono ammanierate e ornate dall'arte. Risaltano agli occhi, e forzano ad osservarle; e però i professori di rettorica possono gloriarsi di discernerle, e farsi merito di declamare una dissertazione sopra ogni vocabolo. Nell'*Orlando Innamorato* le grazie, benchè più molte d'assai, scorrono spontanee e non apparenti; ed appunto perchè si fanno sentire e non si lasciano scorgere, tanto più sono grazie. Lo stesso si può dire dell'*Orlando Furioso*, con la sola diversità che, mentre il Berni rinfrescava la lingua d'amabilità giovanile, l'Ariosto arricchivala di originali eleganze. Niuno infatti più di questo grande poeta applicò il principio di Dante, che la lingua si deve andar più sempre propagando, innestandovi il fiore di tutti i dialetti della Penisola. Non già che l'Ariosto avesse mai forse imparato quella teoria di Dante, che allora giaceva sepolta negli archivj, e poi per alcun tempo fu disputata la sua autenticità: ma l'Ariosto era uomo di genio; la teoria era suggerita dal carattere inerente della lingua ch'egli scriveva, ed egli era dotato dell'istinto di distinguere a un tratto le eleganze dalle affettazioni di tutti gli scrittori, i vezzi semplici dagl'idiotismi plateali di tutti i dialetti, ed ogni vocabolo e frase che ammettevano o rifiutavano d'essere nobilitati nella composizione. Tutti i varj elementi ch'ei radunava quasi senza avvedersene, li raffinava e immedesimava nella sua mente come in un crogiuolo pieno di diversi metalli, che liquefacendosi e purificandosi al fuoco ne fanno uno solo tutto nuovo ed inimitabile. Questi due poeti, benchè nati in questo secolo, morirono intorno al 1530, e apparterrebbero piuttosto all'epoca seguente. Ma poichè la materia poetica ch'essi rivestirono del loro stile fu somministrata ad essi dagli scrittori rozzi de' tempi che ora andiamo considerando, ne abbiam parlato, affine d'illustrare la verità sentita da' grandi scrittori, ma trascurata dagli altri e non creduta da' lettori divoratori di tutto; ed è: che i materiali poetici senza le forme pure della lingua sono altrettanti massi di marmo bellissimo mal tagliati in figure umane da cattivi scultori; e sotto le mani degli artisti eccellenti assumono tutte le proporzioni della bellezza ideale, e la sublimità d'espressione della Venere de' Medici, dell'Apollo e del gruppo di Laocoonte.

Il solo fra' poeti romanzieri anteriori all'Ariosto ed al Berni che scrivesse meno scorrettamente fu il Pulci, autore del *Morgante Maggiore*. Apparteneva all'Accademia domestica, e la più benemerita dell'Italia, tenuta senza fasto, senza diplomi, senza vanissimi titoli da Lorenzo de' Medici nel suo palazzo; e rappresentavano il convito di Platone. Le poesie e gli scritti in prosa di Lorenzo contribuirono molto a far ritornare ne' libri d'alcuni uomini di genio la lingua letteraria, condannata fino allora a parlare da quasi un secolo alla nazione per bocca di frati e di ciurmadori. Non però lo stile di quell'uomo straordinario è perfettamente corretto; e le sue poesie sono state in questi ultimi anni ammirate oltre il loro merito reale. L'unico poeta degno di meraviglia in quella riunione d'uomini, nel resto grandissimi, fu il Poliziano. Tutto quello che scrisse in italiano si ridurrebbe a un piccolo volumetto, e consiste nel principio di un lungo poema di cui non giunse a finire il secondo canto. Gli spiriti e i modi della lingua latina de' classici erano già stati trasfusi nella prosa dal Boccaccio, e da altri. Ma il Poliziano fu il primo a trasfonderli nella poesia; e vi trasfuse ad un tempo quanta eleganza potè derivare dal greco. Infatti non v'è lingua che come l'italiana possa imbeversi di quanto v'è di semplice, e d'amabile, e d'energico nelle forme e negli accidenti della greca, segnatamente in poesia; e se potesse ottenere la stessa prosodia e lo stesso genere di versi, e potesse ad un tempo liberarsi dalla necessità degli articoli, forse non avrebbe da invidiare alla greca, fuorchè la pronunzia d'alcune lettere differentemente aspirate, che la natura ha rifiutato agli abitatori d'Italia, anche quando derivavano nella lor lingua latina la prosodia, la verseggiatura e le parole de' Greci.

Ma Lorenzo de' Medici, e tutti gli amici suoi, e il genio del Poliziano erano pur nondimeno costretti a secondare gl'impulsi imperiosi del loro secolo; e l'introduzione della stampa, anzichè giovare, nocque più ch'altri non crede a' progressi della lingua italiana. L'avidità colla quale erano stati fino allora ricercati i codici de' Greci e de' Romani, fu superata dalla impazienza di moltiplicarli ad un tratto. Cominciò quindi il freddo, interminabile ed ambiziosissimo studio dell'emendazione critica de' testi e de' commenti agli antichi scrittori, e continuano; nè finiranno mai, finchè l'Europa avrà professori chiamati filologi, gente oziosa insieme e inquietissima, e che sarebbe oggimai condannata dal genere umano alla derisione ch'ella pur merita, se non avesse avuto la precauzione di scrivere tutti que' suoi nienti in latino. La caduta dell'Impero d'Oriente ridusse alcuni letterati greci in Italia; e vi portarono molte opere antiche, che desideravano anch'esse l'ajuto della tipografia e della critica. L'*Iliade* fu allora stampata per la prima volta in Firenze; e chi mai avrebbe in quegli anni potuto pensare ad altro che ad Omero ed ai Greci?

La lingua italiana cadde allora in tanto disprezzo, da rendere spregevole chi la scriveva; e gli autori susseguenti, e che a' tempi di Lorenzo de' Medici erano ancora fanciulli, ricordano, che il primo e più severo comandamento de' padri a' figliuoli e de' maestri a' discepoli era, *che nè per male nè per bene leggessero mai cosa alcuna scritta in volgare*, – così allora chiamavasi l'italiano. Ed abbiamo riferito che il Varchi, storico piuttosto pettegolo, narra com'egli ed alcuni altri suoi compagni di scuola furono severamente puniti dal loro pedagogo per aver trasgredito sì solenne comandamento. E nondimeno, anche da pochissimi vestigj che or ne rimangono, appare che quando la lingua italiana era adoperata da uomini di gran mente, di anima calda e di forte proponimento a parlare al popolo di cose politiche, era potente e fierissima, e faceva sentire quasi ad ogni sentenza ch'era originalmente nata colla libertà popolare. Frate Girolamo Savonarola, di cui tanto s'è scritto con troppa superstizione dagli uni, e con altrettanta parzialità per la Casa de' Medici dagli altri, non è conosciuto come scrittore; e quel poco di suo che non fu proibito consiste in operette di devozione, le quali essendo inoltre scritte co' solecismi e i barbarismi di quell'epoca si giacquero ignote anche agli indagatori di anticaglie grammaticali. Certo il buon frate non professava nè amicizia letteraria, nè carità cristiana verso gli scrittori profani d'alcuna lingua, o d'alcuna età.

Il popolo fiorentino fu persuaso da fra Girolamo Savonarola a fare una piramide altissima con quante pitture e statue antiche e moderne ed arpe e liuti e strumenti d'ogni maniera potè raccogliere per le case, e codici e libri italiani e latini, specialmente le opere del Boccaccio; e per celebrare divotamente l'ultimo giorno del carnevale, arsero la piramide su quella piazza dove nella primavera seguente al loro malfortunato predicatore toccò d'essere bruciato vivo, e le sue ceneri gettate nell'Arno.

Ma quando questo disprezzatore d'ogni eleganza di vita e d'ogni classica letteratura predicava al popolo, esortandolo dal pulpito a liberarsi dal giogo effemminato della casa de' Medici; quando dalla Toscana tuonava sì che Alessandro VI, e tutta la gerarchia papale l'udivano a Roma, e dannava alla esecrazione le usurpazioni e le prostituzioni e le abbominazioni della Chiesa Romana; quando da oratore e da legislatore e da profeta insegnava alla moltitudine le costituzioni ch'egli aveva meditato nella storia del genere umano, e gli pareano migliori ad ordinare e perpetuare la libertà della Repubblica; allora quel frate scorrettissimo nella lingua, senza studio di stile, senza nessun'arte rettorica, doveva essere il più terribile degli uomini eloquenti che siano stati mai prodotti nel mondo. Le sue prediche non erano scritte da lui; le sole che abbiamo alla stampa in caratteri gotici furono messe insieme fra bene e male da un Notaro che ascoltandole le copiava per mezzo d'una imperfettissima abbreviatura; e non potè forse scriverne nè pur la metà, e non furono più ristampate. Per quanto ne abbiam fatto ricerche, non c'è mai riuscito di poterne trovare una copia che non sia mutilata; e talvolta s'incontrano lacune di venti o trenta pagine a un tratto stracciate da tutte le copie fino da' tempi di Alessandro VI. Abbiam udito che alcuni rarissimi esemplari interi esistano tuttavia; quanto a noi, disperiamo di vederne uno solo. E davvero, se ciò fosse in nostro potere, a noi, per una copia non mutilata delle prediche del Savonarola, non rincrescerebbe di dare in cambio tutti quanti i libri rari registrati nel *Decamerone* del Reverendo M. Dibdin.

Frattanto concluderemo quest'epoca, a ricominciare nella seguente a parlare del regno del *Decamerone* del Boccaccio. A chi guarda alla infinita letteratura diffusa verso la fine di questo secolo e sul principio del seguente in Italia; quanti ingegni fiorivano illustri in ogni Università; come pensando e scrivendo di filosofia metafisica su le opere d'Aristotile e di Platone, faceano scoppiare mille nuove e arditissime idee dalle antiche; come la storia de' fatti moltiplicavasi per le scoperte recenti dell'America e della stampa, e la libertà della mente s'esercitava per le controversie ne' nuovi scismi di religione; e quanto le guerre perpetue di Carlo V, e le mutazioni improvvise ne' governi d'Europa e nelle pubbliche e private fortune eccitavano le passioni degli Italiani, e raffinavano le arti e gli studj della politica: – l'Italia era il campo delle battaglie, e Roma era confederata, o nemica potente, o mediatrice interessata, e per lo più instigatrice de' principi; e i loro consigli erano direttamente o indirettamente agitati da uomini di chiesa; e pochi senza molto sapere si meritavano le ecclesiastiche dignità i professori di letteratura sentivano ed illustravano gli autori greci e romani, e rari uscivano allievi dalle scuole che non intendessero il greco, e tutti scrivevano il latino, e insegnavanlo fino alle giovinette: per la diffusione della letteratura prosperava la gloria delle belle arti; e l'Italia pareva emporio di dottrina, di eleganze e di lusso per tutta l'Europa: – e a chi guarda ad un tempo all'Italia tutta quanta in quel secolo affaccendarsi in sottigliezze grammaticali; e gli uomini celebrati contendere, e sempre senza intendersi e senza termine, per questioni peggio che inutili; e consentire pur nondimeno a riconoscere come unico codice a sciogliere tante liti, e quasi ispirato legislatore di stile il *Decamerone* delle novelle del Boccaccio, mentre le liti a ogni modo sorgevano da quel libro, e ogni uomo interpretandolo variamente, le liti rigermogliavano a mille per una, e s'intricavano sì enigmatiche che, tutti insegnando grammatica, niuno sapeva come s'avesse da scrivere: – certo, sì fatto stato simultaneo di vigore nelle passioni, negl'ingegni e nelle lettere, e di miseria nella lingua d'una nazione, pare al tutto fuor di natura e incredibile. Pur nondimeno l'epoca seguente manifesterà che vi sono cose incredibili insieme e verissime; ma che si rimangono o non osservate o dissimulate, a fine di scrivere in loro luogo cose credibili, benchè false.

DISCORSO SESTO

EPOCA SESTA

DALL'ANNO 1500 AL 1600

Se gl'Italiani si fossero giovati della tranquillità e dell'indipendenza ch'ebbero nel lungo corso di anni del secolo precedente, quando vivevano meno atterriti da' papi e non minacciati dalla presenza d'eserciti forestieri, e si fossero allora costituiti in nazione, gli scrittori si sarebbero immedesimati di necessità colla loro patria, ed avrebbero ampliato una lingua men artificiale e più generosa, scritta insieme e parlata, e che non fu mai conosciuta, nè si conoscerà mai forse in Italia. Se non che le città attendevano a contendere, più per via d'ambasciadori che d'eserciti, tra di loro, e gli scrittori contemplavano oziosamente l'antica Roma ed Atene più che l'Italia; e scrivendo in latino, andavano riducendosi più sempre a comunità diversa al tutto dalla nazione. Lorenzo de' Medici forse aspirò, e non potè afferrare l'opportunità che alloramai cominciava a dileguarsi per sempre. La sua morte accompagnata da invasioni straniere e commozioni in tutta l'Italia, e da un nuovo governo popolare in Firenze, condusse una brevissima epoca propizia a' forti ingegni. Il Machiavelli scriveva allora; e morì poco innanzi che i papi e i loro bastardi, ammogliati a bastarde di monarchi forestieri, togliessero ogni voce e ogni senso di libertà a' Fiorentini.

Niuno scrisse in Italia mai nè con più forza, nè con più evidenza, nè con più brevità del Machiavelli. Il significato d'ogni suo vocabolo par che partecipi della profondità della sua mente, e le sue frasi hanno la connessione rapida, splendida, stringente della sua logica. Inoltre aveva cuore caldo e di delicate e di generose passioni; e per quanto lo neghino molti anche a' dì nostri, ci concederanno di dire che o essi non hanno cuore che risponda a quelle passioni, o non lo leggono in originale, o se pure lo leggono, non sanno tanto della lingua italiana da sentirne tutte le proprietà; e quest'ultima opinione a noi pare la più verosimile. Nè lo stile del Machiavelli nè di alcuno di quella età, nè alcuno de' Romani e de' Greci hanno quella tinta sentimentale degli scrittori moderni; — ma spesso è artefatta. Invece, chi sente naturalmente e sa scrivere, infonde in modo impercettibile un calore perpetuo ne' suoi lettori. Ma bisognano lettori che sappiano leggere, che siano nati a sentire, e che non sieno educati ad affettare di sentir troppo. L'unico difetto della lingua e dello stile del Machiavelli deriva dalla barbarie in cui trovò il suo dialetto materno. Ben ei si studiò di dargli tutta la dignità che Sallustio, Cesare e Tacito avevano dato al latino, ma si studiò ad un tempo, e con molta saviezza, di non disnaturare la lingua italiana e il dialetto fiorentino; onde talvolta, per preservarne alcune peculiarità, cadde qua e là in certi sgrammaticamenti, che offendono appunto perchè potevano facilmente evitarsi.

Ognuno sa come Pietro Bembo veneziano fu primo a ridurre la lingua a regole; ma più che le regole giovarono d'allora in poi a ripulirla le opere di molti scrittori per tutta Italia. Ma quantunque ei pronunziasse *che l'essere nato fiorentino, a ben volere fiorentino scrivere non fosse di molto vantaggio*, nè alcuno s'opponesse per anche a viso aperto alle sue parole tenute tuttavia per oracoli, tutti ad ogni modo se ne giovavano come d'oracoli, e le contorcevano a favorire le loro opinioni. Però i Fiorentini contesero, che, stando letteralmente alla sentenza del cardinal Bembo, *s'aveva da scriver fiorentino*; dal che veniva la direttissima conseguenza che l'Italia aveva dialetti molti parlati, ed uno solo atto ad essere scritto; e non possedeva in comune lingua veruna. Insorse d'allora in poi, crebbe ed inferocì la tristissima lite — se la lingua letteraria s'avesse a chiamare italiana, toscana, o fiorentina. Frattanto il Bembo, senza inframmettersi nella contesa ch'egli inavvedutamente aveva attizzata, favoriva i Fiorentini; anzi escluse le opere tutte di Dante dal privilegio di somministrare esempj a' grammatici. Forse il Bembo, educato e promosso alle ecclesiastiche dignità, prese pretesto dalla lingua, ch'ei chiamava rozza, di Dante, affine di condannarlo dell'avere virilmente negata ai papi ogni potestà temporale. L'imitare l'effemminata poesia e l'amore platonico del Petrarca era velo alle passioni sensuali; e, purchè fossero adonestate, non pareva illecito. Nè, a dirne il vero, sappiamo che il mondo siasi mai governato altrimenti.

Or ciò che il cardinal Bembo e gli altri suoi collaboratori avrebbero dovuto insegnare, e che nondimeno niuno può imparare se non per attitudine naturale e per lunga consuetudine, consisteva nell'arte di scriver bene. Questo non riesce mai se non a chi sa ciò che deve sottrarre dalla massa de' vocaboli e delle frasi perchè nuoce allo stile e alle idee; e ciò che vi deve aggiungere perchè giova: e le sottrazioni e le addizioni devono farsi in guisa, che ciò rechi nuove e geniali sembianze alla lingua, ma senza mai nè snaturarla nell'indole sua, nè travisare la sua nativa fisonomia. Sì fatta arte, necessaria agli scrittori di qualunque lingua e difficile a tutti, fu sempre e sarà difficilissima agli Italiani. Non hanno Corte, nè città capitale, nè parlamenti ove la lingua possa arricchirsi secondando di grado in grado il corso e le mutazioni delle idee, delle fogge, delle opinioni e del tempo; anzi quanto è letteraria, tanto rimanesi artificiale più di quant'altre siano state mai scritte o si scrivano. Il mantenerla purissima adattandola a nuove idee e all'uso corrente; il porvi studio e far sì che non raffreddi lo stile, e l'usarla letteraria com'è, ridurla tuttavia famigliare anche a non letterati, sono sempre state difficoltà che in pratica apparvero tutte indomabili a molti. Quindi le tante teorie di trattatisti, le controversie e la confusione di grammatiche, di cui fu sempre romorosa l'Italia. E per non esservi lingua prevalente in un secolo, vediamo fra gli scrittori italiani d'una medesima età più differenza che in quella d'ogni altro popolo; il che produce il vantaggio della varietà degli stili, e il danno della perplessità e pedanteria de' giudizj. Spesso accade che il libro esaltato non per altro che per il merito della lingua dai dottissimi uomini d'una città, viene esecrato dagli uomini dottissimi d'un'altra città, appunto per i demeriti della lingua.

Frattanto que' primi ordinatori della lingua nel discorso giornaliero facevano uso di dialetti discordi, i quali repugnavano a scriversi. Il dialetto fiorentino s'era immiserito, e diveniva sempre più ritroso alla penna; e quel che è peggio, nelle scritture era oggimai intarsiato di crudissimi latinismi. Pare che non potessero mandare una lettera a' loro domestici, che non fosse pedantesca. Quando poi sul principio del secolo decimosesto vollero pur provvedere l'Italia di una lingua sua propria, s'avvidero che innanzi tratto bisognava depurarla dalla troppa latinità: ma in questo andarono all'altro estremo, appunto perchè temevano di non si poter reggere equabilmente nel centro. Il Bembo e gli altri avevano studiato fin dalla puerizia e scritto e pensato d'ogni cosa letteraria in latino. E non pure l'ammirazione a' grandi esemplari, ma i precetti rettorici degli autori romani, e la necessità di secondarli in una lingua morta, gli aveano domati alla servitù dell'imitazione. Era radicato nella loro anima il dogma, che a scrivere in qualunque lingua fosse necessario imitare religiosamente alcuni modelli; e in italiano non avevano, dal poema di Dante in fuori, alcuna opera nella quale la moltitudine, la novità e la profondità delle idee, delle immagini e delle passioni avessero partorito gran numero e varietà di locuzioni e parole, ed energia di ardita sintassi. Ma, oltre la ragione di stato ecclesiastica, che rendeva quel poema un testo pericoloso a citarsi, la quantità di formole scolastiche, di giunture strane, di voci latine, e tutto insieme il tenore dello stile di Dante gli atterriva; e non vi fu modo che si persuadessero mai di giovarsene.

Non è dunque difficile l'indovinare fra quante strette e con quale perplessità i primi critici si studiassero di trovare metodi a rimondare la lingua de' latinismi, idiotismi e sgrammaticamenti che prevalevano a' loro giorni, e le impedivano di divenire patrimonio letterario di tutta l'Italia. Il Bembo, imbevuto di purissima latinità, doveva studiare fin anche le sue lettere famigliari a guardarle da' latinismi; il che gli riescì quasi sempre: ma non potè fare che quanto ei dettò in italiano non ridondasse d'idiotismi veneziani, i quali, se non fossero stati protetti sino d'allora dall'autorità del suo nome, sarebbero stati poscia infamati fra' solecismi. Gli scrittori fiorentini anch'essi scambiavano riboboli per atticismi gentili. Aggiungi che mai non s'avvidero «Essere impossibile di ridurre a scienza atta a potersi insegnare e imparare il processo con che la natura converte in lingue letterarie i rozzi dialetti.» Così nella penuria d'autori che somministrassero osservazioni ed esempj, e di principj che insegnassero un giusto metodo, que' primi precettori della lingua ricorsero di comune consentimento alle Novelle del Boccaccio. Vi trovarono parole evidenti, native ed elegantissime, artifici di costruzione, periodi musicali e diversi generi di stile; e forse per allora non avrebbero potuto ideare espediente migliore a tante difficoltà. Il cardinal Bembo ad ogni modo si limitò ad osservare ogni cosa in quel libro con ammirazione, ma non convertì le sue opinioni in leggi assolute. E' non era il solo; bensì il più celebre di quella scuola. Tuttavia la massima e la pratica de' letterati di quell'età consistevano non tanto a ricavare un metodo dalle osservazioni, quanto a imitare puntualmente, servilmente, puerilmente gli scrittori che parevano eccellenti. In poesia italiana copiavano il Petrarca e cantavano santamente d'amore. In latino imitavano Virgilio e Cicerone, e scrivevano profanamente di cose sacre. Così la dottrina di ristringere tutta una lingua morta nelle opere di pochi scrittori fu più assurdamente applicata alla lingua viva degli Italiani; e i loro critici quasi tutti convennero, non doversi attingere alcun esempio da veruna poesia, fuorchè dal canzoniere amoroso del Petrarca per Laura; nè alcun esempio di prosa da scrittore o scritto veruno, fuorchè dalle novelle del *Decamerone*. Con quanto frutto della religione, non pretendiamo di dirlo; ma la letteratura purtroppo discese effemminatissima a molte generazioni. Quindi i protestanti pigliarono argomento ad imputare a que' letterati pochissimo riguardo a' costumi, e niun senso di religione. La prima accusa è esagerata, e l'altra è assurdissima. Erasmo imputavali di sacrilegio, e derideva a un'ora l'ignoranza fratesca e la latinità non cristiana in Italia, a fine di spianare per tutti i modi la via alla riforma nelle Università di Germania e d'Inghilterra; e giudicavali secondo la tradizione della miscredenza de' prelati di Leone X. Pur, se non tutti, moltissimi sentivano la fede che professavano, ed erano talor combattuti da superstizioni contrarie. Alcuni votavansi di non leggere mai libri profani; ma non potendo lungamente reggere al voto, ne impetravano l'assoluzione dal papa. Altri, per non contaminare le cose cristiane con l'impura latinità de' frati e de' monaci, avrebbero voluto poter tradurre la Bibbia col frasario del secolo d'Augusto.

Trent'anni circa dopo il principio, e pochissimi innanzi la fine del presente secolo, morirono l'Ariosto e il Tasso. L'intervallo di tempo fra la morte dell'uno e dell'altro fu fecondissimo di libri d'ogni maniera, e famoso per questioni grammaticali. I nomi degli autori di quell'età hanno poscia occupato tutti gli storici di letteratura, che ne hanno scritto volumi, biografie ed analisi critiche senza fine. E nondimeno l'Ariosto e Torquato Tasso restano i soli degni del nome di grandi. Che se parecchi altri passano oltre la mediocrità, e furono benemeriti della lingua più con gli esempj che co' precetti, e fra questi primeggiano Giovanni della Casa, e Annibale Caro, moltissimi non sono che mediocri, e non li nomineremo. Molti altri sono anche di peggio, se peggio può essere, e de' quali non importerebbe di far memoria neppure in massa, se non appartenessero appunto al secolo decantato come il più illustre della italiana letteratura; se i loro nomi, come abbiamo accennato, non fossero celebri in tutte le storie letterarie; e finalmente se molte delle loro meschine opere non fossero state stampate da poco in qua nella collezione di quattrocento e più volumi, sotto nome di Classici, pubblicati in Milano.

Dell'epoca famosa de' Medici abbiamo osservato nel Discorso precedente tutto quello che importa a conoscere i primi tentativi degli uomini più illustri d'allora a dare leggi certe e perpetue alla lingua italiana. Scrivevano ne' pontificati, l'uno vicinissimo all'altro, de' due Medici Leone X, e Clemente VII; e alcuni sopravvissero a que' due papi. Le lodi esagerate di quel tempo furono attribuite al secolo decimosesto tutto intero; e quindi tutti gli autori che gli appartengono, e che, con poche eccezioni, meriterebbero d'essere disprezzati da lungo tempo, sono sfuggiti alla dimenticanza che sotterrò la memoria d'uomini molto più degni di loro. Noi non ignoriamo che questa nostra sentenza sommaria parrà strana a tutti que' nostri lettori, i quali conoscono que' nomi non tanto per mezzo delle loro opere, quanto degli storici di letteratura che ne hanno parlato. Ma a niuno può essere ignoto che sì fatti storici pigliano non solo gli avvenimenti, ma ben anche i giudizj l'uno dall'altro, e li ripetono con diverse parole; e ne abbiamo esempj frequentissimi e giornalieri, e specialmente ne' raccoglitori di aneddoti letterarj. Or sì fatti giudizj sono tutti originati e propagati e perpetuati dalla vanità nazionale e municipale degli Italiani, dalle dottrine delle loro accademie e delle loro scuole fratesche, dalla credulità popolare. Queste cagioni cospirarono a formare una concatenazione lunga, debole ma perpetua di mal certe testimonianze; e quindi a propagare e stabilire i diritti potenti della tradizione, alla quale anche gli uomini illuminati sovente sogliono concedere la venerazione ch'essa ottiene dal volgo. Non già che talor non s'avveggano della sua assurdità, ma seguendola, si dispensano dalla fatica e da' pericoli di combatterla; e nel tempo stesso si giovano delle sue favole maravigliose a riempire volumi di narrazioni che, se non fossero romanzesche e s'approssimassero alla realtà, riescirebbero non solamente ridicole, ma nojose. Quelli che interessandosi in questo soggetto si sentissero preoccupati dalla generale opinione, ma non in guisa che non bramino di appurare la verità, sono tutti accettati volentieri per giudici. E speriamo di persuaderli che le leggi peggiori di lingua e di critica che mai potessero idearsi da uomini, la più misera e ambiziosa povertà ch'abbia mai intristita la letteratura d'un popolo, e finalmente la colpa de' danni, della servitù letteraria e del vaniloquio degli scrittori italiani in generale da quel tempo sino a' dì nostri, appartengono tutti al famoso secolo decimosesto.

Da' fatti osservati fin qui, da che Dante cominciò a scrivere e il Machiavelli morì, appare manifestissimo che la lingua italiana nacque e crebbe dalla libertà popolare delle repubbliche del medio evo. Ma nell'epoca che ora esaminiamo la servitù dell'Italia cominciò ad aggravarsi senza speranza di redenzione sotto il doppio giogo della chiesa de' papi, e della dominazione de' forestieri. La tirannide religiosa e politica portò seco necessariamente i ceppi della letteratura; e dopo la morte di Clemente VII, avvenuta nel 1534, la storia della lingua trovavasi a questi termini: –

Che a bene scrivere la lingua, bisognava imitare i soli scrittori del secolo del Boccaccio; – Che il *Decamerone* del Boccaccio contenente le cento novelle era l'unico libro senza umano errore; era il tesoro d'ogni ricchezza di lingua, d'ogni grazia d'idioma; era il modello infallibile d'ogni eleganza e d'ogni eloquenza; – Che in questo libro dovevano unicamente cercarsi tutti gli esempj; e sopra questi esempj dovevano giustificarsi tutti i precetti, e risalire a' principj generali e certissimi della grammatica italiana; – Che questo libro essendo stato scritto in Firenze e da un fiorentino, ed essendo stati fiorentini anche gli altri scrittori pregevoli del secolo decimoquarto, la lingua non si doveva chiamare italiana, nè toscana, ma fiorentina; – Che, per conseguenza il giudizio, quanto a' meriti della lingua d'ogni libro scritto o da scriversi in Italia, apparteneva a' fiorentini; – Che i fiorentini erano rappresentati da' più dotti de' loro concittadini; da una compagnia d'uomini chiamata *Accademia della Crusca*; – Che questa Accademia era sotto la protezione de' Medici gran duchi di Toscana; – Che Cosimo I gran duca allora regnante, essendo imparentato con la Spagna dominatrice di più che mezza Italia, ed essendo nel tempo stesso figliuolo obbedientissimo della Chiesa, regolava gli studj dell'Accademia della Crusca con una ragione di stato indispensabile a un principe apparentemente indipendente, ma realmente soggetto a Filippo II e al Concilio di Trento; – Che il Concilio di Trento stava per decretare, e poi decretò sotto severissime pene, che non si comportasse più libro veruno nel quale fossero derisi o preti, o monaci, o frati, o reliquie, o altre cose sacre; – Che il libro preziosissimo delle Novelle del Boccaccio, essendo scritto spesso a bello studio contro tutte le cose sacre suddette, non doveva leggersi se non espurgato; – Che l'Accademia, per intercessione de' principi suoi protettori, otteneva da' papi il permesso di potere ristampare le Novelle del Boccaccio, espurgandole secondo i canoni del Concilio di Trento; – Che, affinchè i canoni non fossero debitamente interpretati ed applicati, il padre inquisitore, maestro del sacro palazzo del Vaticano, frate domenicano e di nazione spagnuolo, presiedeva a' lunghi studj dell'Accademia della Crusca a espurgare le Novelle del Boccaccio; – Che le Novelle mutilate, adulterate d'interpolazioni innumerabili a beneplacito dell'inquisitore, erano ristampate per autorità dell'Accademia; – Che quella loro edizione era solennemente dichiarata la sola che dovesse o potesse seguirsi come testo di correttissima lingua; – E finalmente che il *Decamerone* del Boccaccio così mutilato ed adulterato era la pianta di tutti gli edifizj grammaticali dell'Accademia, e fin anche del *Vocabolario della Crusca.*

Quanto abbiamo detto sin qui può provarsi con autentici documenti e con narrazione di fatti ordinati per serie di anni; ma vi bisognerebbero limiti meno angusti. Tuttavia, procedendo storicamente, porremo in evidenza alcuni fatti innegabili e sufficienti, a dare ragioni del fenomeno letterario che noi, concludendo l'articolo precedente, abbiamo fatto osservare, e promesso di spiegare a' nostri lettori. –

Alcuni giovani fiorentini congiuravano contro Ippolito ed Alessandro bastardi de' Medici per cacciarli dalla loro patria, a fine di costituirla di nuovo in Repubblica. Palliarono la ragione delle loro adunanze, sotto colore di emendare, con confronto di manoscritti e con critico studio, il testo delle Novelle del Boccaccio. La perdita degli autografi sino dall'età dell'autore, e le scorrezioni e alterazioni incorse nelle edizioni ch'erano uscite sino allora di quel libro giustificavano la loro intrapresa letteraria, e celavano i loro disegni politici. Da que' giovani derivò la celebrata edizione del Giunti del 1527, tenuta oggi fra le più rare curiosità de' bibliotecarj, e serbata sino d'allora come ricordo della Repubblica Fiorentina, perchè quasi tutti que' giovani i quali v'attesero combattevano contro alla Casa de' Medici, e morirono nell'assedio di Firenze, o in esilio. Poscia il libro divenne più raro, perchè stava a rischio di essere mutilato o inibito per amore de' frati. Il Bembo, mentre era segretario di Leone X, si travagliava molto malvolentieri in cose di frati, perchè vi trovava sotto molte volte tutte le umane scelleratezze coperte da diabolica ipocrisia; – e Leone X faceva commedia dell'Abate di Gaeta, coronandolo d'alloro e di cavoli sopra un elefante. Adriano VI che gli succedeva era stato claustrale, e i cardinali della sua scuola proposero poco dopo che i colloquj d'Erasmo, e ogni libro popolare ingiurioso al clero si proibissero. A Paolo III parve che la minaccia bastasse, nè s'adempì per allora; ma chi sapeva che il *Decamerone*, già tradotto in più lingue, allegavasi dagli antipapisti, s'affrettò a provvedersi dell'edizione fiorentina, la quale, anche da' dotti che non ne facevano gran caso per l'emendazione critica, era creduta schietta d'inavvertenze di stampa. Ma neppur questo era vero.

Ad ogni modo è un'edizione divenuta tesoro di libreria, ed oggi pagata a prezzi enormi. Caduta la Repubblica, quell'adunanza continuò, attendendo unicamente alla grammatica, sotto il nome dell'*Accademia degli Umidi*: poi divenne più pubblica e meno libera, e si chiamò *Accademia Fiorentina*; finalmente, raccoltasi sotto il patrocinio di Cosimo gran duca, assunse il nome di *Accademia della Crusca*, e la dittatura grammaticale in Italia. Il progetto incominciato dal cardinale Bembo di stabilire tutte le leggi della prosa italiana sulle Novelle del Boccaccio, fu abbracciato da quell'Accademia, e messo ad esecuzione in guisa da destare meraviglia, e compassione ad un tempo e disprezzo. La Chiesa cessò dal minacciare, e cominciò attualmente a proibire la ristampa e la lettura delle Novelle del Boccaccio; e niuno poteva nemmeno possederne una copia senza licenza del suo confessore. La riforma de' Protestanti provocò la riforma Cattolica, che rimase meno apparente, benchè forse maggiore, e certamente più stabile. I Protestanti la derivarono dalla libertà d'interpretare gli oracoli dello Spirito Santo con l'ajuto dell'umana ragione; e i Cattolici non ammettevano interpretazioni, se non le ispirate alla Chiesa da Dio rappresentato da' papi. Quali delle due dottrine provvedesse meglio alla religione, non so: forse ogni religione troppo scandagliata dalla umana ragione cessa d'essere fede; e ogni fede inculcata senza il consentimento della ragione degenera in cieca superstizione. Ma quanto alla letteratura, la libertà di coscienza preparava in molti paesi la libertà civile, e di pensare e di scrivere; mentre in Italia l'obbedienza passiva alla religione accrebbe la politica tirannia, e l'avvilimento e la lunga servitù degli ingegni. La riforma de' Protestanti mirava principalmente a' dogmi; e la Cattolica unicamente alla disciplina: e però anche le opinioni intorno alla vita e a' costumi degli ecclesiastici furono represse, come tendenti a nuove eresie. Il Concilio di Trento vide che i popoli, incominciando in Germania a dolersi che i frati fossero bottegaj d'indulgenze, si ridussero a rinnegare il sacramento della confessione, il celibato degli ecclesiastici e il Papa. Adunque fu provveduto che, per qualunque allusione in vituperio del clero, i libri si registrassero nell'indice de' proibiti; e che il leggerli e il serbarli senza licenza di vescovi fosse peccato insieme e delitto da punirsi in virtù dell'anatema. Le leggi canoniche furono d'indi in poi interpretate e applicate da' tribunali civili, presieduti da' padri Inquisitori della regola di San Domenico; i quali inoltre, per consentimento de' governi italiani, furono investiti dell'autorità di esaminare, alterare, mutilare e sopprimere ogni libro antico o nuovo innanzi la stampa.

Tuttavia l'Accademia della Crusca temeva che nelle edizioni fin allora uscite, ed erano quasi sessanta, l'emendazioni di critici forestieri, così allora chiamavan gli Italiani, la fama delle novelle del Boccaccio e la purità della lingua fosse guastata. Patteggiarono dunque di potere, non foss'altro, stamparne una mutilata in Firenze; e confidavano che l'utilità della loro emendazione grammaticale sarebbe compenso equivalente allo strazio che il ferro e il fuoco del Santo Uffizio farebbe de' tratti più comici nelle novelle. Cosimo I, per agevolare il trattato, deputò a negoziare col maestro del sacro Palazzo in Vaticano alcuni uomini dotti, uno de' quali era vescovo, e quasi tutti ecclesiastici in dignità; e fra gli altri Vincenzo Borghini illustratore delle antichità toscane, e scrittore non pedantesco: ma i nomi degli altri sono men noti alla storia letteraria d'Italia, che a' fasti consolari, com'ei li chiamavano, delle loro accademie. Le nuove alterazioni al *Decamerone* mandate a Roma erano quasi sempre lodate; ma non bastavano. Il maestro del sacro Palazzo, frate domenicano e spagnuolo, si aggregò di proprio diritto alla loro adunanza. Scrivendo le sue opinioni in lingua bastarda, dava consiglio anche in virtù della sua autorità di grammatico; non però venivano a conclusione. Finalmente un domenicano italiano e di natura più facile (chiamavasi Eustachio Locatelli, e morì vescovo in Reggio) vi s'interpose; e per essere stato confessore di Pio V, impetrò da Gregorio XIII, che il *Decamerone* non fosse mutilato, se non in quanto bisognava al buon nome degli ecclesiastici. Così le badesse e le monache innamorate de' loro ortolani furono mutate in matrone e damigelle; e i frati impostori di miracoli, in negromanti; e i preti adulteri delle comari, in soldati; e in virtù di cent'altre trasformazioni e mutilazioni inevitabili, riuscì agli accademici, dopo quattr'anni di pratiche, di pubblicare in Firenze il *Decamerone* illustrato da' loro studj.

Ma Sisto V ordinò che anche l'edizione approvata dal suo predecessore fosse infamata nell'Indice. Fu dunque necessario aver ricorso a nuove storpiature ed interpolazioni; e quindi sopra sì fatti testi gli accademici della Crusca minuzzarono ogni parola e ogni sillaba delle novelle, magnificarono ogni minuzia, e la descrissero sotto nomi di ricchezze, proprietà, grazie, eleganze, figure, leggi, e principj di lingua. Non però poteva venire mai fatto a veruno di conciliare tanta infinità di precetti con un metodo, che ne agevolasse la pratica. Le dottrine e le regole e le applicazioni di esse cozzavano fra loro nelle pagine e nella mente di chi le dettava. Tanto più dunque le dispute fra' diversi grammatici intricandosi le une su le altre crescevano atroci, oziose, lunghissime, ed occuparono tutti i cent'anni del secolo XVI.

E allora, – mentre l'ozio della servitù intiepidiva le passioni, l'educazione commessa a' Gesuiti sfibrava gl'ingegni; i letterati divenivano arredi di corti spesso straniere; le università erano pasciute da' re, e l'Inquisizione le udiva – l'Accademia della Crusca incominciò a insignorirsi della letteratura italiana, e adottare le Novelle del Boccaccio per unico testo regolatore d'ogni dizionario e grammatica, e d'ogni teoria filosofica intorno alla lingua. Era dunque il *Decamerone*, anche per politica necessità, predicato da' letterati come unico regolatore della lingua scritta in prosa. Per cancellare ogni memoria di libertà, Cosimo I soppresse tutte le accademie istituite in Toscana quando le città si reggevano a repubbliche, e venne a dilatare la giurisdizione della fiorentina, ch'ei disprezzava. Compiacevasi di vederla sgrammaticare a bell'agio, e udirsi paragonare a Cosimo padre della patria: nè da questo in fuori fece verun favore alle lettere. Teneva a' suoi stipendj uno o due scrittori di storie della Casa de' Medici; faceva raccogliere da per tutto le copie delle altre scritte con meno adulazione, e le ardeva.

Pur nondimeno gli scrittori, appunto in quel secolo, quanto più si dipartivano dallo stile del *Decamerone*, tanto più rendevano i loro libri meno indegni della cura de' posteri. Il Vasari, fra gli altri, scrivendo le vite degli architetti, pittori e scultori d'Italia, lasciò un tesoro di critica sulle belle arti, e di aneddoti su' caratteri de' grandi artisti suoi contemporanei, e insieme un inesauribile deposito di maniere di belle dizioni. Nè la tirannide universale potè imporre silenzio alla storia politica ed ecclesiastica. Il Guicciardini compose la storia d'Europa da uomo di stato, in guisa da tracciare le origini ed il progresso del diritto delle genti che prevalse subito dopo la fine della lunga barbarie del medio evo. La sua lingua peraltro è pomposa, misteriosa e artificiale per voler troppo magnificare ogni cosa, e arieggiare la maestà degli storici latini. Benedetto Varchi suo concittadino e contemporaneo andò all'altro estremo, e scrisse la storia fiorentina minutissimamente, così che, per narrare gli avvenimenti di sette anni, occupò forse più pagine che non altri a narrare la storia della Repubblica Romana da Romolo a Giulio Cesare. E il Varchi alla minuzia de' fatti aggiunge una superfluità di parole che non può essere concepita, se non da chi ha la pazienza di leggerlo; e non v'è vocabolo signorile o triviale di cui egli non si studi di giovarsi alla rinfusa. Il buon uomo era stipendiato a scrivere dal gran duca Cosimo; ma non si potè tenere di dire male de' papi: e la sua storia non fu pubblicata se non assai tardi, e tronca delle ultime pagine, che poi in altre edizioni fatte alla macchia furono aggiunte. Non molto dopo il Guicciardini e prima del Varchi, Bernardo Segni vivea storico ignoto, e più veritiero. Era nominato a' suoi tempi fra' tanti altri traduttori e chiosatori d'Aristotile; ma nacque, crebbe, e fu educato repubblicano di parte, e narrò la storia della servitù; e forse, per non porre a pericolo i suoi figliuoli, ei morendo non disse dove aveva riposto il suo manoscritto. Ritrovato poi a caso, guasto dal tempo, fu donato a uno de' principi Medici, a' quali giovava di risotterrarlo; e non fu veduto dal mondo che dopo quasi due secoli, e con fresche lacune; non così per amore degli antichi signori di Firenze, de' quali la razza allora spegnevasi, come per riverenza alla memoria de' papi. Tuttavia, mutilata com'è, e benchè letta da pochi, la storia del Segni, dopo quella del Machiavelli. avanza in naturalezza e sobrietà il Guicciardini. Ma e le storie e i poemi di quell'età, ch'oggi s'hanno per depositarj di lingua, erano allora tenuti presso che barbari e indegni di essere nominati con «le cento immortalate novelle.» Anche il Berni e l'Ariosto erano allora più ricercati da' lettori, che stimati da' critici; e il Poliziano, come scrittore italiano, non era citato che raramente, e piuttosto con biasimo che con lode.

Vero è che non prima sì fatte leggi cominciano a moltiplicarsi ed acquistare autorità potentissima, bastano a darti indizio che un popolo dallo stato libero passa sotto il potere assoluto. La Grecia dopo Alessandro non ebbe più oratori nè storici; bensì famosi grammatici, alcuni de' quali regnarono nelle accademie de' Tolomei, a costringere alla nuova loro pronunzia i poemi d'Omero. Cesare trattò di grammatica: Augusto insegnavala a Mecenate ed a' suoi nipoti: Tiberio si dilettava di sottigliezze su la notomia de' vocaboli: Claudio scrisse intorno alle lettere dell'alfabeto; e anche a Plinio filosofo toccò di guerreggiare di penna col maestro del bel dire; e non pare ch'ei n'uscisse senza paura. Ma gli studj liberi in tali condizioni di tempi sono sì fatti; ed a' principi non rincrescono, perchè frappongono comandamenti infiniti e impraticabili in guisa, che niuno sappia mai come s'abbia da scrivere. La dominazione spagnuola in Italia, il lungo regno di Filippo II tirannissimo fra' tiranni, e il concilio di Trento avevano imposto silenzio in Italia anche all'eloquenza degli scrittori in latino.

La colpa apposta agli Italiani che, scrivendo una lingua morta, ritardarono i progressi della nuova è giustissima; ma non è giustamente applicata. Noi crediamo di avere nell'epoca precedente applicata con sufficiente severità la censura a que' che veramente la meritavano; ma abbiamo anche veduto che la dittatura de' grammatici italiani s'arrogava di concedere celebrità a quegli uomini, che poscia il consenso di molte generazioni ha destinati a perpetua dimenticanza, e di negarla a quegli che hanno il merito di offrire a' posteri modelli permanenti di stile e di lingua, e indipendenti dalle scuole e da' capricci dell'uso. Fra questi è il Machiavelli, ma gli Accademici fiorentini deridevano chi lo lodava. Non è dunque meraviglia se gli uomini più dotati di sapere e d'ingegno continuarono a scrivere in latino, e si rimasero quasi a comporre una aristocrazia destinata ad amministrare i tesori della mente umana a pochissimi. Alcuni professori delle università, e specialmente quando Clemente VII coronò Carlo V a Bologna, perorarono perchè alla lingua italiana fosse inibito di parlare ne' libri – quasi che i decreti d'imperadori e di papi bastassero. L'avviso fu poi suggerito contro la lingua francese al cardinale Mazzarino, o fatto suggerire da esso, affinchè la dottrina della cieca obbedienza si perpetuasse sovra la razza europea. I begl'ingegni, invece di ragioni opposero epigrammi, e fecero da savj; perchè niuno si è più attentato di riparlarne. Ma Napoleone, mentre affrettavasi a quella sublimità che al parer suo precipita gli uomini nel ridicolo, impose che i professori leggessero nelle Università d'Italia in latino. Se non che le lingue non cedono nè prevalgono, se non per leggi invariabili della natura e del tempo, che le vanno procreando l'una dall'altra. Sogliono bensì prosperare nella libertà, ed intristirsi nella servitù. Le loro più dure catene sono procurate per via di leggi grammaticali. Invece gli autori romani somministravano molto maggiore e nobilissimo numero d'esemplari allo stile. La loro lingua governata da leggi assolute ed evidentissime aveva per giudice tutta l'Europa, mentre la fama d'ogni scrittore italiano pendeva dalla sentenza di gloriosi pedanti, i quali giudicavano raffrontano ogni nuovo libro.

Infatti le nobili opere che sopravvissero alle altre mille di quell'età sono dettate in latino. Il Sigonio nelle sue storie, percorrendo lo spazio di venti secoli dalla epoca de' primi consoli di Roma sino alle repubbliche italiane, fu primo a traversare la solitudine tenebrosa del medio evo. Diresti che un genio illumini tutto il suo corso; e trasfonda abbondanza, splendore e vigore alla sua latinità. Nondimeno le poche cose che gli vennero scritte in lingua italiana sono volgarissime e barbare. Vedeva che ad impararla gli bisognava perdere molta parte della sua mente ne' laberinti delle nuove grammatiche; ond'esortò i suoi concittadini, che se avevano cura della posterità, le parlassero solamente in latino. Il che non s'ha da imputare a freddezza di carità per la patria, quando, a volere descrivere in italiano le trasformazioni universali del Romano Impero, quel grand'uomo sarebbe stato ridotto ad andare accattando i vocaboli, e l'orditura d'ogni sua frase nelle Novelle. Altri, a modellare i loro pensieri con dignità, scrivevano da prima le storie recenti della lor patria in latino, e le traducevano in italiano da sè; e concorrevano ad arricchire la lingua letteraria.

Così la lingua che sola può dar progresso alla letteratura, impedivala. E nondimeno la letteratura era allora da tutti i precedenti secoli e dalle nuove rivoluzioni del mondo versata sovra l'Italia a torrenti. Tutta la poesia, l'eloquenza, la storia e la filosofia de' Romani e de' Greci rivissero quasi di subito con la invenzione della stampa. Gli annali della terra, e i nuovi costumi del genere umano scoperti con l'America eccitavano la curiosità degli ingegni. I mari d'allora in poi incominciarono ad arricchire altri popoli: l'opulenza che avevano portato alle città italiane, non potendosi più ornai applicare al commercio, compiacque al lusso e alle belle arti. I palazzi arredati di monumenti e di biblioteche educarono antiquarj e scrittori d'erudizione, e crescevano la supellettile letteraria. Accrescevala anche la servitù in che declinarono le città libere, dacchè i nuovi signori, costringendo gli uomini generosi al silenzio, stipendiavano lodatori; nè vi fu secolo nel quale l'adulazione sia stata bramata con tanta libidine, o sì sfacciatamente professata ne' libri. Le controversie inerenti agli oracoli della Bibbia erano allora fierissime, universali. E quanto l'Europa in questa età sua decrepita ciarla di speculazioni politiche, tanto allora farneticava di religione: se non che le condizioni de' regni e gl'interessi de' principi, e più assai degl'Italiani, non pendeano, come oggi, da pubblicani che di carta fanno danaro a nudrire soldati, bensì da dottori che di teologia facevano ragioni a sommovere popoli; e perchè quelli studj fruttavano ecclesiastiche dignità, produssero una moltitudine di uomini letterati. Ma le turbe de' mediocri opprimevano i pochissimi grandi. L'eloquenza era arte ambiziosa nelle Università; la troppa dottrina snervava l'immaginazione; e la sentenza intorno alla quale s'aggira tutta la poetica d'Aristotile – «Che l'uomo è animale imitatore» – quantunque variamente chiosata da molti, era superstiziosamente inculcata e obbedita in questo da tutti: – «Doversi imitare, non la natura, ma gli imitatori della natura.» – Però le lettere, giovando alle arti, a' governi, alla Chiesa, e alle scuole, non esaltavano le passioni, non illuminavano la verità nelle menti, non ampliavano i confini dell'arte; mortificavano le originalità degli ingegni. E per la nazione non v'era lingua, perchè lo scrivere e intendere la latina era meritamente privilegio de' dotti; e l'italiana, comecchè men parlata che intesa da tutti, rimanevasi patrimonio di grammatici, che disputavano fin anche intorno al suo nome.

La predizione di Dante pur si avverava, volere e non volere, a ogni modo. Il dialetto fiorentino rifiutava di lasciarsi scrivere, se non era confuso dall'ingegno degli autori nella materia generale della lingua letteraria, e rimodellato con forme diverse. Bernardo Davanzati si provò di negarlo col fatto, e professò di avere tradotto in volgare fiorentino gli *Annali*, e la *Storia* di Tacito. Gli fu creduto, perchè così pare a prima vista in chi non è assuefatto da lungo esercizio a discernere il vero in queste materie difficilissime insieme e tediose; e dall'altra parte niuno lo negò, perchè tale fu il decreto unanime e perpetuo dell'Accademia della Crusca di cui egli era membro; ed è un de' pochissimi ch'oggi meriti d'essere ricordato con ammirazione. Infatti il Davanzati traducendo scrisse in modo sì originale, che non fu poscia, nè sarà mai imitato da veruno: ed è tanto vero che gli scrittori i quali lo hanno preceduto non hanno lasciato neppur l'ombra di sì fatta maniera di composizione; e tanto egli sapeva maneggiare la lingua, che con tutti i disavvantaggi degli articoli, la traduzione stampata a fronte del testo riesce in ogni pagina più breve dell'originale. Ma il popolo fiorentino non ha mai parlato nè poteva parlare a quel modo. Ben il Davanzati usò de' riboboli ed idiotismi del mercato, e talor n'abusò, ma non servono che di vernice. Chiunque sparpagliasse sopra ogni periodo di Tacito uno o due vocaboli o modi di dire tolti dalle *Commedie* di Plauto, invece di quelli adoperati dallo storico, avrebbe precisamente nell'originale latino quel libro, quale pare ed è nella traduzione italiana. E chi d'altra parte, sottraendo gl'idiotismi municipali e plateali della traduzione, li supplisse con dizioni più signorili, non nuocerebbe punto alla brevità, gioverebbe alla dignità, ed avrebbe la traduzione più meravigliosa che sia mai stata fatta. La massa delle parole e le frasi appartengono, nello stile del Davanzati, alla lingua letteraria d'Italia; e o non furono usate mai nel dialetto fiorentino, o se furono usate da' Fiorentini nel discorso giornaliero, essi usandole le corruppero e le trasfigurarono di generazione in generazione. Onde le cagioni reali dello straordinario modo di scrivere del Davanzati derivarono dall'indole del suo ingegno, dall'indole dello stile di Tacito, e dall'indole della lingua italiana.

Frattanto, i due primi libri che Dante innanzi la sua morte potè finire del suo Trattato su questo argomento furono disotterrati e pubblicati. Da prima la loro autenticità fu negata, e l'originale che l'autore scrisse in latino, e tutta la traduzione che ne fu pubblicata furono dichiarate imposture. Quando finalmente, dopo una serie di prove innegabili e di dispute protratte per lunghissimi anni, niuno potè contendere la genuina origine di quel libretto, alcuni negarono la verità della dottrina, altri professarono che non potevano intendere come una lingua potesse scriversi e non parlarsi; e intanto non potevano mai parlare come scrivevano. Altri finalmente, e ne sono parecchi anche a' dì nostri, si stanno in dubbio come i buoni fedeli che non sanno come riconciliare i dogmi della Santa Chiesa su la immobilità della terra con le matematiche dimostrazioni del suo giro diurno ed annuo intorno al Sole: così, dovendo credere a un tempo a' teologi ed a' filosofi, non sanno cosa si fare.

Or la costituzione letteraria della lingua italiana somiglia per l'appunto alla Costituzione dell'Inghilterra. Non è conosciuta, nè può farsi conoscere distintamente per legge scritta, ma ognuno ne vede le deviazioni. Dipende da esempj precedenti innumerabili, molti de' quali sono obliterati nell'uso, ma mantenuti ne' ricordi, perchè servono alla storia e alle analogie della costituzione; molti altri non sono richiamati in uso se non in certe urgenti occasioni, ma non mai senza le forme prescritte; finalmente, molti sono vigenti perpetuamente. Pur nondimeno, non solo i primi e i secondi, ma anche questi ultimi non sono ben conosciuti da tutti, e pochissimi possono ben applicarli. Così un nuovo membro del Parlamento, per quanto dotto ei siasi delle leggi e della storia della sua patria, deve sempre soggiacere alla sentenza de' più pratici, a' quali il lungo uso solo insegnò come interpretare ed applicare i principj costituzionali dello Stato.

Or mentre disputavano senza intendersi, e le liti inferocivano con rabbia municipale, gli Accademici della Crusca s'allontanarono da' principj di Dante in guisa, che, mentre quel grand'uomo voleva la lingua letteraria appartenesse alla nazione e non a dialetto veruno, gli Accademici scrissero volumi a provare che tutta la lingua consisteva nel dialetto fiorentino scritto nel secolo XIV. Niuna perseveranza potrebbe mai giungere a snodare i gruppi di regole e regoluccie che intricarono le une su le altre nelle loro grammatiche; l'umana ragione non potrebbe mai intenderle, nè l'immaginazione mai concepirle. Così ogni frase, ogni parola, ogni accento di quella loro lingua furono giustificate con la sottigliezza de' legisti, e de' teologi casuisti, e si convertirono in altrettanti precetti di lingua e di stile. Le eccezioni alle regole furono anch'esse ridotte a ragioni, e sotto regole minutissime; e per insegnare a imitar cose che non vogliono accomodarsi nè a ragioni, nè a leggi, nè ad imitazione. L'unico loro principio invariabilmente enunziato, ma assurdo in sè stesso, e non applicabile mai, consisteva – «Che quanto più uno scrittore si diparte dagli autori del secolo XIV, tanto più scrive male.» – Quindi una lingua viva e crescente diventava morta, e gli uomini viventi e futuri dovevano concepire ogni idea, nominare ogni cosa, adoperare ogni vocabolo e frase, nè più nè meno, come gli uomini di generazioni sepolte da lunghissimo tempo.

Questo principio e i loro volumi di osservazioni sopra il *Decamerone* del Boccaccio furono quasi preparazione evangelica al Vocabolario della Crusca, e fondarono tutti i dogmi dell'Accademia. Vero è che poscia questa s'avvide talora degli errori che ne risultarono, e s'è studiata di ripararli. Ma perseverò a mantenere l'infallibilità, e l'applicazione delle dottrine; affettò la vigilanza del Santo Uffizio; e s'aiutò fin anche di magistrati e predicatori contro un letterato sanese che rinnegò le sue leggi[38]. Da prima, a declinare l'invidia delle città toscane, gli Accademici tennero tre anni di consulte intorno al titolo del Vocabolario, e decretarono che si chiamasse della lingua toscana. Poscia, affinchè tutto l'onore si rimanesse ne' Fiorentini, v'aggiunsero: cavato dagli scrittori e uso della città di Firenze. Finalmente con politico temperamento lo nominarono: Vocabolario dell'Accademia della Crusca, senz'altro. Così fu stampato; e la prima volta senz'altre voci, se non se del *Decamerone* e di pochi scrittori contemporanei del Boccaccio; e comecchè sia stato poscia allargato con esempj da' secoli seguenti, rimane pur sempre Vocabolario di dialetto, ma non di lingua. Senzachè il nome d'italiana ostinatamente negato da quella Accademia alla lingua perpetuò le guerre civili di penna che mai non vennero a tregua; e bastasse: ma talvolta i nobili ingegni hanno parteggiato contro a nobili ingegni. Il Machiavelli su' primi giorni della contesa rideva dell'Ariosto, che non poteva sormontare la difficoltà di mantenere il decoro di quella lingua ch'egli accattava. E il Galileo, quando l'animosità de' grammatici inferocì, s'avventò contro al Tasso. E non pertanto sono dessi i quattro scrittori, che non per la vanità nazionale degl'Italiani, o per vanità di erudizione de' forestieri, ma per la divinità del loro genio, si meritarono la gratitudine di noi tutti; e soli a nostro credere, certo i soli indegni della compagnia di mille esaltati dalle tradizioni di quel secolo millantatore. Or tutti sanno quanto il Salviati congiurò con alcuni grammatici ad aggravare le lunghe sciagure del Tasso, e la sua tendenza alla manìa, con la quale la natura fa scontare ad alcuni mortali i doni, non so quanto desiderabili, dell'ingegno. Cinquant'anni e più dopo, le opere e il nome dell'Autore della *Gerusalemme* fu citato nel Vocabolario della Crusca; ma fu tarda espiazione e forzata. Nè i Fiorentini dovrebbero gloriarsene; da che non fu per loro proprio rimorso o ravvedimento, bensì per comando del gran duca Leopoldo, pregatone istantemente da un Cardinale. Così anche un atto di giustizia alla memoria di un uomo grande, generoso, infelice e iniquamente perseguitato fu per l'Accademia della Crusca un atto di vilissima servitù. Non però

---

38   Girolamo Gigli.

cessavano le vergognosissime liti intorno al nome della lingua. Durano tuttavia con quelle animosità provinciali, che sino dalle età barbare hanno conteso a quel popolo sciagurato di riunirsi in nazione; e le animosità sono esacerbate insieme e santificate da quegli uomini letterati, i quali negano all'Italia fin anche il diritto di possedere una lingua comune a tutte le sue città.

FINE